海外小説 永遠の本棚

ギリシア人男性、ギリシア人女性を求む

フリードリヒ・デュレンマット

増本浩子＝訳

白水 u ブックス

Grieche sucht Griechin by Friedrich Dürrenmatt
First published in 1955

ギリシア人男性、ギリシア人女性を求む

1

何時間も雨が降っていた。雨は夜通し降り、昼間も降り続け、何週間も続いた。道路は、並木道も大通りもみな濡れて光り、歩道に沿って水が流れて、それが小川のようになり、そのうちにちょっとした幅の川になった。車が泳ぐようにして走り回り、人々は傘をさし、レインコートを着て歩いた。靴は濡れ、靴下も濡れていた。宮殿のような邸宅やホテルのベランダを支えたり、ファサードに取り付けてあったりする巨人や天使や美の女神はずぶ濡れでしずくを滴らせ、筋になって流れる水と溶けた鳥の糞とでびしょびしょになっていた。国会議事堂のギリシア風の破風の下には鳩がいて、そこにレリーフとして刻まれた愛国主義者たちの脚や胸の間に避難していた。やりきれない一月だった。それから霧が立ち込めた。霧もまた何日も何週間も続いて、インフルエンザが流行《はや》った。社会保険に入っているまともな人たちにとっては命の危険を伴うものではなかったが、それでも何人かの金持ちのじいさんばあさんと高齢の政治家が故人となった。それ以外は橋の下で暮らしていた浮浪者たちが大量に川に流されただけだった。その合間にまた雨が降った。何度も何度も。

彼の名前はアルノルフ・アルヒロコスといった。カウンターの向こうにいたマダム・ビーラーは言った。「かわいそうに。とんでもない名前ね。オーギュスト、ミルクをあげてちょうだい」そして、毎週日曜日にはこう言った。「ペリエを出してあげて」

夫のオーギュストはやせぎすな、伝説のレース、ツール・ド・スイスで優勝したこともある人物で、それよりもっと伝説的なツール・ド・フランスでは二位になったこともあり、黄色い優勝ジャージのマイヨ・ジョーヌを着て店に出ていたのだが（自転車競技ファンが少人数とは言え、店に集まっていた）、このような妻のやり方には反対だった。「ジョルジェット、お前の愛情ときたら」と彼は、たとえば朝起きた時や、ベッドの中で、あるいはお客がみんな帰った後、細くて毛深い脚を暖めながらストーブの向こう側で言った。「アルヒロコスさんへのお前の愛情ときたら、おれにはさっぱりわからんね。あれは男らしい男じゃない、単なるいじけた人間さ。死ぬまでミルクとミネラルウォーターしか飲まないなんて！」

「あんただってミルクとミネラルウォーターしか飲まなかった時期があるじゃないの」そんな時、ジョルジェットは両手を腰にあてて肘を張るか、ベッドの中で山のように盛り上がった胸の上で腕組みして、低い声で答えた。

オーギュスト・ビーラーはしばらく考えてから、絶えず脚をマッサージしつつ、「そりゃお前の言うとおりだよ」と言った。「でもそれはツール・ド・スイスに勝つためで、実際におれは優勝した。あんなに高い峠を越えたんだぜ。ツール・ド・フランスだって、優勝まであと一歩だったんだ。そういう時には禁酒にも意味がある。でも、アルヒロコスさんは？　四十五歳にもなるってのに、女と寝たことさえないんだぜ」

アルヒロコスに女性体験がないということにはマダム・ビーラーも腹を立て、オーギュストがサイクルウェアを着て、あるいはベッドの中でそのことを話し始めるといつも、もう何と言っていいかわからなかった。ムッシュ・アルノルフ――と彼女はアルヒロコスのことを呼んでいたのだが――は何らかの主義があってそうしているに違いなかった。彼は煙草さえ吸わなかった。罵り言葉を吐くことは絶対になかった。ジョルジェットには彼がパジャマを着ている姿を想像することさえできなかった。ましてや、裸のアルヒロコスなどあり得なかった。彼は貧しそうには見えるが、いつもきちんとした身なりをしていた。

彼の生きている世界は堅牢で、時間どおりで、道徳的で、上下関係がはっきりしていた。彼の世界秩序のいちばん上、この道徳的世界構造の頂点には大統領が君臨していた。

「私の言うことを信じてくださいよ、マダム・ビーラー」アルヒロコスはカウンターの向こう側の、ぎっしり並んだ蒸留酒やリキュールのびんの上に掛けてある、エーデルワイスの飾りのついた額縁の中の大統領の肖像を畏敬の面持ちでじっと見つめながら言ったものだった。「信じてください。我が国の大統領は分別のある人です、哲学者です、聖人と言ってもいいくらいだ。煙草も吸わない、酒も飲まない、三十年近くもやもめ暮らしで、子どももいない。新聞にだってそう書いてある」

そんな時、マダム・ビーラーはすぐに反論したりはしなかった。彼女はこの国の人がみんなそうであるように、大統領には少しばかり敬意を払っていたし、大統領は政治がどう揺れ動こうと、その時々の政府が一時的に何をもたらそうと、ただ一人びくともしない中心人物だったからである。とは言え、こういう徳の権化のような人物は多少気味悪く思えたので、彼女は大統領がアルヒロコスの言うような人物だとは信じたくなかった。

それでジョルジェットは、「新聞にそう書いてあるというのは」とためらいがちに言った。「本当でしょう。でも、それが真実かどうかは、誰にもわかりませんよ。新聞は嘘つきだって、みんな言ってるじゃないですか」

そんなことはない、世界はもともと道徳的にできてるんだから、とアルヒロコスは言って、まるでシャンパンでも飲むように、厳《おごそ》かかつ上品にペリエを飲んだ。

「オーギュストも新聞に書いてあることは全部ほんとだって信じてますよ」

「そんなことないですよ」とジョルジェットは言った。「オーギュストのことなら私の方がよくわかってます。彼は新聞に書いてあることは、一言だって信じちゃいません」

「それじゃあ、新聞のスポーツ欄に載っている試合の結果も信じちゃいないんですかね？」

そう言われると、マダム・ビーラーにはぐうの音も出なかった。

「美徳は目に見えるものなんですよ」とアルヒロコスは続けて、縁なしのゆがんだ眼鏡を拭いた。「美徳がこの顔の上で輝き、我が司教の顔の上でも輝いているのです」

そう言って彼は、ドアの上に掛かった肖像の方を向いた。

それにしては司教は太り過ぎじゃないかしら、とマダム・ビーラーは反論した。品行方正な暮らしをしているとは思えないわ。

アルヒロコスは主張を曲げなかった。

「そういう体質なのですよ」と彼は言い返した。「もし司教が品行方正で哲学的な生活をしていなかったら、もっと太っていたでしょう。ファールクスをごらんなさい。なんと自制心がなく、節度もなく、なんと高慢なことか！　どこから見ても罪だらけです。それに見栄っ張りだ」

彼は親指で右肩越しに悪名高い革命家の肖像を指した。

マダム・ビーラーは譲らなかった。「見栄っ張りとは言えないわ」と彼女は主張した。「この口元ともじゃもじゃの髪の毛をごらんなさいよ。それに彼には社会的な共感ってものがあるわ」

それは見栄の特別な現われにすぎないのですよ、とアルノルフは主張した。

「どうしてこの誘惑者の肖像がここに掛けてあるのか、私にはさっぱりわかりません。刑務所から出てきたばかりじゃありませんか」

「人の真価なんてわからないものよ」そのたびにマダム・ビーラーは言って、カンパリの入ったグラスを一気に飲み干した。「人の真価なんてわからないものよ。それに、政治に関しては慎重でなくっちゃ」

司教に話を戻すと――ファールクスの肖像は司教の肖像のちょうど真向かいに掛けてあった――司教はアルヒロコス氏の階層的世界でナンバー・ツーの地位にあった。司教と言ってもカトリックではなかった。マダム・ビーラーは彼女なりに良きカトリックではあったのだけれども。

彼女は教会に行くと――教会に行くようなことがあれば、の話だが――激しく泣いた（映画を見ても激しく泣いたのではあるが）。司教はプロテスタントでもなかった。オーギュスト・ビーラー（ゲデュー・ビーラーんとこの小僧）はドイツ語圏スイス（グロースアフォルテルン）からの移住者で、スイス連邦が生んだ最初の偉大なロードレーサーであり（一九二九年九月九日付け「スポーツ」紙）、ツヴィングリ派以外の司教には縁がなかった（こちらも、彼なりにツヴィングリ派だった、というだけの話である。というのも、オーギュストは自分がツヴィングリ派だということさえ知らなかったのだから）。司教は〈最後から二番目のキリスト者の旧新長老会派〉の最高指導者で、この会派はアメリカからやって来た少しばかり風変わりと言ってもいいような、正体のよくわからない会派のひとつだった。司教が店のドアの上に掛けてあるのは、ひとえにアルヒロコスがジョルジェットの店に初めてやって来た時、この肖像を小脇に抱えていたからだった。

それは九カ月前のことだった。外は五月らしい陽気で、通りに広く陽が当たり、小さな店には光が束になって斜めに差し込んで、オーギュストの金色のサイクルウェアをもう一度金色に輝かせ、同様に彼のもの悲しい、いかにも自転車乗りらしい脚にもやもやと生えた毛も光らせていた。「マダム」と、そのときアルヒロコスがびくびくした様子で言ったのだった。「私がこちらに参りましたのは、お宅のお店に大統領の肖像が掛けてあるのに気づいたからなんです。カウンターの上の、とても目立つところに掛けてある。私は愛国者なので、ほっとしました。毎日の食事ができるところを探しているんです。我が家のように思える店がいい。しかも、いつも同じ席で食べたいんです。できればどこか隅の席で。私は独り者で、経理の専門家です。まじめに暮らしていて、厳格な禁酒主義者です。煙草もやりません。罰当たりな言葉を口にするなど、絶対にしません」

それから彼らは値段を取り決めた。

「マダム」彼はその後でもう一度言って肖像を渡してから、汚れた小さな眼鏡越しにもの悲しげな眼差しで彼女を見た。「マダム、この〈最後から二番目のキリスト者の旧新長老会派〉の司教の肖像も掛けていただけますでしょうか。大統領の隣に掛けてもらうのがいちばんいいかと思います。司教の肖像が掛かっていない場所ではもう食事をすることができなくなってしまいまして。まさにそれが理由で、これまでお世話になっていた救世軍の食堂に行くのをやめたのです。私は我が司教を崇拝しています。彼はお手本です。完璧に理性的な、キリスト教徒らしい人物です」

それでジョルジェットは〈最後から二番目のキリスト者の旧新長老会派〉の司教の肖像を掛け

た。ドアの上の位置ではあったけれども、司教は黙って満足そうにそこに掛かっていた。立派な紳士だった。が、オーギュストはときどき否定的な態度をとって、たまに誰かがあれは誰の肖像かと尋ねることがあると、ごく簡単に、

「自転車競技ファンさ」

と答えた。

三週間後、アルヒロコスはもう一枚の肖像を持って来た。写真でサイン入りだった。プティ・ペイザン機械工場社長のプティ・ペイザンのものだった。プティ・ペイザンの写真も掛けてもらえるとうれしいのですが、とアルヒロコスは言った。できればファールクスの代わりに。倫理的世界秩序において、この機械工場主が第三位の地位を占めているのです。

マダム・ジョルジェットはそれに反対した。

「プティ・ペイザンはマシンガンを製造しているのよ」

「だからどうだと言うんです?」

「戦車も」

「だから?」

「原子砲も」

「プティ・ペイザン髭剃りとプティ・ペイザン分娩鉗子《ぶんべんかんし》のことをお忘れのようですね、マダム・ビーラー。人道的な製品ばかりですよ」

「ムッシュ・アルヒロコス」とジョルジェットは厳かに告げた。「もうこれ以上プティ・ペイザンには関わらないようにお願いします」

「でも、そこの社員なんです」とアルノルフは答えた。

ジョルジェットは笑った。「それじゃあ、何の意味もないわね。ミルクとミネラルウォーターを飲み、肉を食べず（アルヒロコスはベジタリアンだった）、女とは寝ないというあなたの生き方も。プティ・ペイザンは軍に物資を供給している。で、軍に物資が供給されるということは、戦争がある。いつだってそうよ」

アルヒロコスは引き下がらなかった。

「我が国では戦争は起きません」と彼は叫んだ。「我らが大統領のもとでは！」

「ああ、あの人のこと！」

マダムは社員の奥さんが妊娠したときに使える保養所のことを知らないでしょう、とアルヒロコスは断固とした調子で続けた。それに病気や怪我で働けなくなった社員のためにプティ・ペイザンが建てた施設のことも知らないでしょう。プティ・ペイザンは倫理的な、まさにキリスト教徒らしい人間なのです。

けれども、マダム・ビーラーも一歩も引き下がらなかった。その結果、アルヒロコス氏（青白い顔で内気な彼は、太り気味な体を自転車競技ファンに囲まれながら隅っこの方に座っていた）にとってのお手本ナンバー・ワンとナンバー・ツーの他は、彼の世界秩序の最底辺にいる男、つまりサン・サルバドールのクーデターとボルネオの革命の首謀者である共産主義者ファールクスの肖像だけが否定的原理として掛けられることになった。というのも、ナンバー・フォーの肖像を掲げるというアルノルフの願いも、マダム・ビーラーに叶えてもらうことはできなかったからだった。

ファールクスの下でかまわないので、この絵を掛けてもらえませんかねえ、と彼は言って、マダム・ビーラーに安物の複製画を渡した。

この絵はいったい誰が描いたの、とジョルジェットは尋ね、そこに描いてある三角っぽい四角とゆがんだ丸を見つめた。

「パサップです」

ムッシュ・アルノルフはこの世界的に有名な画家を崇拝していることが判明した。けれどもジョルジェットには、その絵が何を表しているのか、謎のままだった。

「ほんものの人生です」とアルヒロコスは主張した。

「でもこの下のところに『混沌《カオス》』と書いてあるわよ」とジョルジェットは大声で言って、絵の右下の隅を指さした。

アルヒロコスは頭を振った。「偉大な芸術家というものは、無意識のうちに創造するものなのです」と彼は言った。「これはほんものの人生を描いたものだということが、私には直感的にわかるのです」

だが、すべては無駄に終わった。アルヒロコスは非常に気を悪くして、三日間姿を現わさなかったほどだった。それからまた彼は店にやって来るようになり、マダム・ビーラーはそうこうするうちに、ムッシュ・アルノルフの生活がどのようなものなのかを知るようになった。それが生活と呼べるようなしろものであるとして、の話だが。何もかもが時間どおりできちんと秩序立っているにもかかわらず、すべてがなんだかちぐはぐだった。たとえば、アルヒロコスの世界秩序にはさらにナンバー・ファイブからナンバー・エイトまで存在していた。

ナンバー・ファイブはアメリカ合衆国大使ボブ・フォスター＝モンローだった。大使は〈最後から二番目のキリスト者の旧新長老会派〉ではなく、〈最後から二番目のキリスト者の旧長老会派〉で、この違いは手痛いものではあったが、どうにもならないほどではなかった。アルヒロコスは宗教的な事柄に関してはまったく非寛容というわけではなかったので、この違いについて何時間でも語ることができた〈彼が他の教会とならんできっぱりと拒絶したのは、〈最後から二番目のキリスト者の新長老会派〉だけだった〉。

世界秩序のナンバー・シックスはメートル・デュトール[1]だった。

ナンバー・セブンはエルキュール・ヴァーグナー学長だった。

デュトールは、もう大昔に斬首刑になった快楽殺人犯で、旧新長老会派の助任司祭をしていた人物を弁護した〈肉体だけが助任司祭の精神を暴力的にねじ曲げたのであって、魂はその外にあり、汚されないまま救われている〉。学長の方は、最後から二番目のキリスト者の学生寮を訪問し、世界秩序のナンバー・ツー〈司教〉と五分間歓談したのだった。

ナンバー・エイトはビビ・アルヒロコスで、彼の弟だった。善人なんです、とアルノルフは強調した。ビビは失業中だというのでジョルジェットは驚いた。というのも、プティ・ペイザンのおかげで国じゅうの誰もが仕事にありついていたからだ。

アルヒロコスは〈シェ・オーギュスト〉――ロードレース・チャンピオンが経営する小さな店

1　フランス語で「デュトール先生」の意。

はそういう名前だった——からそう遠くないところにある屋根裏部屋に住んでいた。白い二十階建ての、ル・コルビュジエが設計したプティ・ペイザン機械工場株式会社本社ビルの中にある彼の職場までは、通勤に一時間以上かかった。屋根裏部屋は六階にあって、廊下には嫌な臭いがこもっており、部屋は小さくて天井が斜めになっていて、何の模様だか判別しがたい壁紙が貼ってあった。部屋には椅子がひとつとテーブルがひとつ、それにベッドと聖書が置いてあって、カーテンの奥には一張羅が掛けてあった。壁には第一位の大統領、第二位の司教、第三位のプティ・ペイザン、第四位のパサップの複製画（三角っぽい四角）等々、ビビ（子どもたちに囲まれた家族の肖像）に至るまでずらっと掛けてあった。窓から見えるのは二メートルほど離れたところにある汚いファサードとトイレの壁だった。その壁には白と黄色と緑色のなんとも言えない染みがついていて、規則正しく小さな窓が開いており、そこから臭気が漂ってきた。真夏になると時たま、昼の時間帯に上からその壁に光が差し込んで輝き、水を流す音が聞こえた。職場では総勢五十名ほどの経理係のひとりとして、大きな、ガラスで仕切られた部屋で働いていた。そこはまるで迷宮のようで、ジグザグにしか歩けなかった。部署は七階にある分娩鉗子部で、袖カバーをつけて耳に鉛筆をはさみ、グレーの事務服を着て仕事をした。昼食は社員食堂でとったが、彼はそこではうれしい気持ちになれなかった。というのも、壁には大統領の肖像も司教の肖像もなくて、掛けてあったのはプティ・ペイザン（ナンバー・スリー）だけだったからである。アルヒロコスは経理主任ではなく、単なる経理係にすぎなかった。正確には、経理係の下で働いている経理係だった。要するに、経理課の考えられうる限りいちばんの下っ端だったのである。プティ・ペイザン株式会社で働く経理主任および経理係は無数にいた。このごく控え目な、ほとんどビリの地位と言ってもいいようなポストであっても、支払われる給料は屋根裏部屋の状況から推測されるものよりはよかった。彼をトイレに囲まれた暗い穴蔵のような場所に縛りつけていたのはビビだった。

2

マダム・ビーラーはナンバー・エイト（弟）とも知り合うことになった。

ある日曜日のことだった。アルノルフはビビ・アルヒロコスを〈シェ・オーギュスト〉での昼食に招いた。

ビビは妻とふたりの愛人と七人の子どもを連れてやって来た。そのうちの最年長であるテオフィルとゴットリープはもうほとんど大人と言っていい年齢だった。マグダ・マリアは十三歳で、ボーイフレンドを連れて来た。ビビはどうしようもないアル中で、妻は「おじさん」と呼ばれているくたばりそこないの退役大尉を同伴していた。この集団がやって来たために、店は自転車競技ファンでさえも辟易するほどの大騒ぎになった。テオフィルは刑務所暮らしを自慢し、ゴットリープは銀行強盗を自慢し、マテウス（十二歳）とゼバスティアン（九歳）はナイフを振り回し、いちばん年下の双子、ジャン・クリストフとジャン・ダニエル（六歳）は一びんのアブサンをめぐって取っ組み合いのけんかをした。

「なんて人たちなの！」このならず者の集団が帰った後、ジョルジェットは慄然として叫んだ。

「まだ子どもですから」と言って、アルヒロコスは彼女を慰め、勘定を支払った（月給の半分の金額だった）。

「ねえ」マダム・ビーラーは憤慨して言った。「弟さんって、盗賊団を養っているようだけど、それに金を出してやろうっていうんですか？　それも稼ぎのほとんど全部を？」

アルヒロコスの信念は揺るがなかった。「物事の本質を見なければいけません、マダム・ビーラー」と彼は言った。「そして本質的には善なんです、どんな人間でも。見かけに惑わされてはいけません。弟もその奥さんも子どもたちも、ちゃんとした人々で、おそらくは今の生活が合っていないというだけの話なんですよ」


いつものようにある日曜日のこと、もう九時半という時刻に彼はいつもとは違う理由でこの小さな店にやって来た。襟元のボタンホールには赤いバラの花が挿してあった。ジョルジェットは彼が来るのを今か今かと待ち受けていた。そもそもすべてはこのいつまでも降りやもうとしない雨と霧と寒さと、いつも湿っているソックスのせいだった。インフルエンザが流行し、そうこうするうちに胃腸にくるタイプが登場していた。その結果、アルヒロコスは——我々は彼がどういう部屋に住んでいるのかを知っているわけだが——四六時中続く騒音のために眠れなくなってしまったのである。これらすべてのことが次第に、道路の側溝の水かさが増すにつれて、アルノルフの気を変えさせた。それで彼は、マダム・ビーラーが腹立たしく思っている例の特別な点をまたもや突いてきた時に、降参してしまったのだった。

「結婚しないとだめですよ、ムッシュ・アルノルフ」と彼女は言った。「あんな屋根裏部屋の暮らしなんて、本物じゃありませんよ。それにいつも自転車競技ファンに混じって座っているなんて、高尚な興味関心のある人間のすることじゃありません。あなたには世話をしてくれる奥さんが必要です」

「私の世話ならあなたがしてくれているでしょう、マダム・ビーラー」

「何を言ってるんです、結婚するって、そんなのとは全然違うものですよ。ぬくぬくと暖かで、結婚してみればわかりますよ」

とうとう彼女は『ル・ソワール』紙に結婚広告を出すことへの同意をとりつけ、さっそく紙とペンとインクを持ってきた。

「独身男性、経理担当、四十五歳。旧新長老会派で繊細な心の持ち主。旧新長老会派の女性を求む……」彼女はこう提案した。

「そんなことは書かなくていいですよ」アルヒロコスは言った。「もし結婚したら、妻を正しい信仰へ回心させてみせますからね」

ジョルジェットはなるほどと思った。「同年齢のやさしくて明るい女性を求む。未亡人でもかまいません……」

生娘じゃないとだめです、とアルヒロコスは言い張った。

ジョルジェットは頑として譲らなかった。「生娘はあきらめて」きっぱりと彼女は言った。「あなたは女の人を知らないんだから、どっちかがあれをどんな風にするのかわかってないとね」

結婚広告は全然違ったものにしたい、とムッシュ・アルノルフは思い切って要望を出してみた。

「たとえば?」

「ギリシア人男性、ギリシア人女性を求む!」

「あらまあ、なんですって」マダム・ビーラーはびっくり仰天して言った。「あなたギリシア人だったんですか?」それからどちらかと言えば肉付きのいい、大柄で北方風の体格のアルヒロコス氏をじろじろと見た。

「ねえ、マダム・ビーラー」と彼は恥ずかしそうに言った。「ふつうギリシア人と聞いてイメージするのと私の見かけがちょっと違うことくらい、よくわかっていますよ。でも、私の先祖がこの国に来たのは、もうずいぶん昔のことなんです。なにしろ、シャルル豪胆公の側についてナンシーの戦いで死んだ時のことですからね。それで私ももうギリシア人みたいには見えなくなっているんです。それは認めますよ。でもね、マダム・ビーラー、冬になったらよくあることなんですけれどね、こんなに霧が出ていて、寒くて、雨ばっかりだと、まだ見たこともない故郷が、赤っぽい岸壁と真っ青な空のペロポネソス半島が恋しくなるんです。半島がそんな様子だってことは、雑誌の『マッチ』に書いてあったんですけれどもね。だから、私が結婚するとしたらギリシア人じゃないといけない。その人もきっとこの国で私と同じように寂しい思いをしているでしょうからね」

「まったく、大した詩人ねぇ」ジョルジェットはそう言って、目をぬぐった。

そしてアルヒロコスは、その翌々日には本当に返事を受け取ったのである。香水のかおりのする小さな封筒に、ペロポネソス半島の空のように真っ青なカードが入っていた。差出人はクロエ・サロニキで、自分はひとり者です、いつアルヒロコスに会えるでしょうか、と書いてあった。

それからアルヒロコスは、ジョルジェットのアドヴァイスにしたがって、一月のとある日曜日に〈シェ・オーギュスト〉でクロエと待ち合わせすることになった。目印は赤いバラの花だった。

アルヒロコスは紺色の一張羅を着た。コートはうっかり忘れてきた。落ち着かない気分だった。引き返して屋根裏部屋にもぐりこんだ方がいいのかどうか、よくわからなかった。〈シェ・オーギュスト〉の前で、ビビが待っているのを見た時——霧でほとんど見分けがつかなかった——生まれて初めて彼はむっとした。

「金くれよ。でかい札二枚とちっせえのも一枚」ビビは言って、物欲しげに手を差し出した。

「マグダ・マリアが英語を習わなくちゃいけねぇんだよ」

アルヒロコスは訝《いぶか》しんだ。

「新しい恋人ができてさ。まともな奴なんだがな」とビビは説明した。「こいつが英語しかしゃべらねぇときた」

赤いバラを挿したアルヒロコスは金を渡してやった。

ジョルジェットもそわそわしていた。オーギュストだけが普段どおりで、客のいない時にはいつもするように、自転車競技用のジャージを着てストーブのそばに座り、むき出しの脚をこすっていた。

マダム・ビーラーはカウンターを片付けた。「どんな人が来るのか知りたいもんだわよ」と彼女は言った。「ぽちゃぽちゃした気のいい人じゃないかと思うんだけれどもね。あんまり年増じゃないといいけど。だって、年齢《とし》のことはひとことも書いていないんだもの。でもまあ、誰だって年齢のことは言いたくないわね」

アルヒロコスは寒さに震えながら、ホットミルクを注文した。湯気で曇った眼鏡をもう一度拭いているちょうどその時、クロエ・サロニキが店に入ってきた。近眼のアルヒロコスは最初のうち、クロエをただぼんやりとしか認識できなかった。卵型の顔の右下あたりに大きな赤い点があった。バラだな、と彼は思った。けれども、店の中が急に気味悪いほど静まりかえり、グラスのカチャカチャいう音もしなければ、息をする音さえ聞こえないので不安になり、眼鏡をかけるのに手間取ってしまった。やっとのことでかけたと思うとすぐにまたはずし、またもやどぎまぎしながら眼鏡を拭いた。とても信じられなかった。この霧と雨の中、小さな店で奇跡が起きたのだ。この小太りの独身者でシャイな博愛主義者、臭い屋根裏部屋に閉じこもり、ミルクかミネラルウォーターの後ろに身を隠しているこの男、いろいろな信条でがんじがらめになり、引っ込み思案な性格をしょい込んだごくごく下っ端の経理係、いつも湿って穴の開いたソックスとアイロンのかかっていないシャツとつんつるてんの服を身につけ、履きつぶした靴を履き、とんちんかんな意見を言うこの男のところに、とんでもなく魅力的な女性がやって来たのだ。あり得ないほど美しくて気品に満ちた、本物の小さな貴婦人だった。ジョルジェットは身動きすらできなくなり、オーギュストはいかにも自転車競技選手らしい脚を恥ずかしそうにストーブの陰に隠した。

「アルヒロコスさん?」ためらいがちな小声が尋ねた。アルヒロコスが立ち上がった拍子に袖がカップに触れ、ミルクが眼鏡の上にこぼれた。なんとか眼鏡をかけると、彼は石のように固まってしまって、筋になったミルクの間からクロエ・サロニキを見た。

「ミルクをもう一杯」と彼はやっとの思いで言った。

「あら」クロエは笑った。「私にもお願い」

アルヒロコスは彼女から目を離すことができないまま、腰を下ろした。本当は彼女に飲み物をおごってあげたかったのに、それもできなかった。不安だった。あり得ない状況が彼の気を滅入らせた。自分の出した結婚広告のことなど、考えるのも恐ろしかった。彼は途方に暮れて、バラの花を上着から取った。いつなんどき彼女ががっかりしてくるりと背を向け、店から出て行ってもおかしくなかった。自分は夢を見ているだけなのだ、と考えてみたりもした。彼は抗《あらが》いようもなく、この若い女性の美しさとこの瞬間の奇跡の虜になっていた。どうしてそんな奇跡が起きたのかは理解を超えていたし、その奇跡が一瞬以上に続くとはとうてい望むべくもなかった。アルヒロコスは自分が滑稽で醜い存在だと感じ、急に屋根裏部屋での暮らしがありありと思い浮かんだ。自分が住んでいる労働者街の惨めさ、経理係の仕事の単調さ。けれども、彼女はただ彼と同じテーブルの向かい側に座って、大きな黒い瞳で彼のことをじっと見ているだけだった。

「ああ」彼女はうれしそうに言った。「あなたがこんなに感じのいい人だとは思ってもみなかったわ。私たちギリシア人同士が巡り合えて、本当にうれしいわ。でも、ほらちょっと貸して、眼鏡がミルクだらけよ」

彼女は眼鏡を彼の顔からはずしてそれを拭き――どうやら彼女のハンカチで拭いているらしい、と近眼のアルヒロコスは思った――レンズに息を吹きかけた。

「サロニキさん」彼はとうとう口を開き、まるで自分に対する死刑判決を告げるかのような口調で言った。「ひょっとしたら私はもう本物のギリシア人ではなくなっているかもしれません。私の一家はシャルル豪胆公の時代に移住してきたものですから」

クロエは笑った。「ギリシア人はいつまでたってもギリシア人よ」

それからクロエは彼の顔に眼鏡をかけてやった。オーギュストがミルクを運んできた。

「サロニキさん……」

「クロエって呼んで」と彼女は言った。「それから、ですます調はやめてね、私たちは結婚するんだから。私はあなたと結婚したいの。だって、あなたはギリシア人なんですもの。あなたを幸せにしてあげたいのよ」

アルヒロコスは真っ赤になった。「初めてなんだよ、クロエ」彼はやっとのことで言った。「若い女性と話をするのは。マダム・ビーラーとしか話をしたことがないんだ」

クロエは黙り、何かを考えているようだった。それからふたりは熱い、湯気の立つミルクを飲んだ。

クロエとアルヒロコスが店を出た後、マダム・ビーラーはようやく口を開いた。

「あんなとびきり上等のが現われるなんて」と彼女は言った。「ほんとに信じられない。ブレスレットもネックレスも、何十万フランもする高級品よ。必死で働いたに違いないわ。それにあのコート、見た？　ものすごい毛皮！　あれ以上の女の人は望めないわね」

「めちゃくちゃ若い」オーギュストはいまだに興奮さめやらぬ様子で言った。

「あら、なに言ってんのよ」ジョルジェットは言って、グラスにカンパリと炭酸水を入れた。

「三十は過ぎてるわよ。でも手入れはよく行き届いてる。毎日マッサージに通ってるわね」

「おれも通っていた」とオーギュストは言った。「ツール・ド・スイスで優勝した頃は」そう言って彼は細くなった脚を悲しそうに見た。

「それにあの香水ときたら！」

3

クロエとアルヒロコスは通りに出た。まだ雨が降っていた。霧もまだ晴れず、暗くて、寒さは服を通して身にしみた。

河岸通りの、世界保健機関の向かい側にアルコールを出さないレストランがあるんだけど、と彼はようやく口を開いた。「すごく安い店なんだ」

彼は濡れた着古しのスーツ姿で、凍えていた。

「腕を貸してちょうだい」とクロエは彼に言った。

経理係は当惑した。どうすればいいのかよくわからなかったのだ。自分の横にいて霧の中をちょこまか歩き、黒髪に銀とブルーのスカーフを巻いている女性をまっすぐに見ることさえはばかられた。彼は少しばかり気おくれしていた。若い女性と町を歩くのは初めてだった。だから、霧が出ているのはありがたかった。教会の方から十時半を知らせる鐘の音が聞こえてきた。彼らは人気《ひとけ》のない郊外の道を歩いた。濡れたアスファルトに家並みが映っていた。二人の足音が壁に響いた。まるで地下の回廊を歩いているようだった。あたりに人の姿はまったくなかった。暗がりから飢え死にしそうな犬が彼らの方に向かってのろのろと歩いて来た。汚れたスパニエルだった。白黒で、びしょ濡れで、垂れ耳で、舌をだらりと出していた。赤い街灯がぼんやりと見えた。それから、意味もなくクラクションを鳴らしながら車が一台通り過ぎた。おそらく北駅に向かうのだろう。アルヒロコスは彼女のコートの柔らかい毛皮の方に身を寄せた。人気のない通りと、日曜日であることと、この天気にすっかり参ってしまい、彼女の小さな赤い傘の下に入ろうとしたのである。彼らは歩調を合わせて歩き、もう立派な恋人同士のようだった。霧のどこかで救世軍のうつろな歌声が聞こえた。時おり家々からラジオの日曜コンサートも聞こえてきた。ベートーベンかシューベルトの交響曲だった。それに霧の中を迷走する車のクラクションが混じった。彼らは川に向かって下っているつもりだった。あたりが明るくなってくると、同じような造りの道の間から、相変わらず灰色の霧の中に溶け込んではいるものの、川がところどころ見えてきた。それから果てしなく続く並木道に沿って歩いた。同じような退屈な家並みがずっと続いていた。家々は今ではもうはっきりと見分けることができた。とっくの昔に破産してしまった銀行家や、年をとって黄ばんでしまった高級娼婦の屋敷で、玄関の前にはドーリア式やコリント式の柱が立ち、二階には無骨なベランダと背の高い窓があった。たいていの家には灯がともっていた。その家々のほとんどが傷んでいて、幻影のような姿を浮かび上がらせ、雨を滴らせていた。

クロエは話し始めた。幼かったころの話は、彼女自身と同じくらい驚きに満ちていた。彼女はためらいがちに話し、どう話したらいいかわからなくなることもしばしばだった。けれども、経理係のアルヒロコスにはこの信じがたい話のすべてがとても自然に思われた。いま彼自身が味わっているのが、おとぎ話に他ならなかったからである。

彼女の話によれば、彼女は孤児だった。両親はギリシア人で、クレタ島からの移民だった。彼らはたちの悪い冬に凍死してしまった。バラックに住んでいたからだ。そうして彼女はひとりぼっちになってしまった。彼女は貧民街で育った。汚れてぼろを着て、まるであの白黒のスパニエル犬のようだった。果物を盗んだり、献金箱を荒らしたりした。警察に追いかけられ、ヒモがつきまとった。まるで動物のように怯え、警戒しながら、橋の下で浮浪者に混じって寝泊まりしたり、空の樽の中で寝たりした。それから彼女は夜中にふらついていたところを、ある考古学者夫妻に文字どおり拾われたのだった。修道院の付属学校に入れられ、その後は恩人のもとでメイドとして働いた。まともな格好をし、まともなものを食べて暮らした。ともかくも、感動的な話だった。

「考古学者夫妻だって？」アルノルフは訝《いぶか》しがった。そういう表現は聞いたこともなかったからだ。

考古学を大学で専攻した夫婦のことよ、とクロエ・サロニキは補足説明した。ギリシアで発掘調査をしたことがあるの。

「あの人たち、貴重な立像のある神殿を発見したの。像はすっかり苔におおわれていたのよ。それから、黄金の柱も」と彼女は言った。

その人たちはどういう名前？

クロエは詰まった。名前を思い出そうとしているようだった。

「ギルバート・ウィーマンとエリザベス・ウィーマンよ」

「あの有名なウィーマン夫妻？」

（つい先ごろの『マッチ』誌にカラーの写真入りで記事が載っていたのだ）。

「ええ」

ぼくの倫理的世界秩序の中に夫妻を組み入れよう、とアルノルフは言った。九番と十番に。あるいは六番と七番にしてもいいかもしれない。メートル・デュトールと学長を九番と十番にすればいいんだからね。それでも立派な番付だからね。

「あなたの倫理的世界秩序ですって？」クロエは驚いて尋ねた。「それはいったい何？」

人生には支えになるようなものが必要なんだ、つまり倫理的なお手本がね、とアルヒロコスは言った。きみのように人殺しや浮浪者に混じって育ったのではないにしろ、孤児院で弟のビビと一緒に育つというのは楽なことじゃなかったよ。それから彼は自分の道徳的な世界観を説明し始めた。

4

天気が変わったのに、最初ふたりは気づかなかった。雨がやみ、霧も晴れてきた。霧は亡霊のような形になり、長々とした竜や鈍重な熊や巨人の姿をとって、大邸宅や銀行や政府の建物や官邸の上を滑っていったり、互いに混ざり合ったりしながら上の方にのぼっていき、またばらばらになった。霧のかたまりの間から青空がほのかに輝いた。まだはっきりとではなく、最初のうちはほんのりと、まだまだ遠い春の予感のように太陽に照らされた。それは限りなく美しく、しだいに明るく、まぶしく、力強く輝いていった。濡れたアスファルトの上にはあっという間に建物や街灯や記念碑や人の影がはっきりと映るようになり、急にすべての物がふりそそぐ光の中できらきらしながら、くっきりと見え始めた。

ふたりは河岸通りの大統領官邸の前にいた。川は茶色くて、ひどく増水していた。錆びた鉄の欄干のある橋が川にかかり、荷を積んでいない貨物船が行き交っていた。赤ん坊のおむつが干してあったり、寒さに凍えた船長がパイプをふかしながらあちこち歩き回ったりしていた。あたりには日曜日の散歩をする人たちがあふれていた。おめかしした孫を連れたいかめしいおじいちゃんたちや家族連れが、列をなして歩道を歩いていた。あちこちに警官が立ち、記者をはじめジャーナリストも大勢いて、どうやら大統領を待ち構えているらしかった。すると突然、昔ながらの馬車に乗った大統領が官邸から姿を現わした。六頭の白馬が馬車を引き、そばには白い羽飾りのついた金色のヘルメットをかぶった騎馬の護衛がつき従っていた。どこかで何かの政治的行事が執り行なわれるらしかった。記念碑の除幕式とか、勲章を誰かの胸につけるとか、孤児院を開設するとか、そういった類の行事だ。馬の蹄《ひづめ》の音、華々しいファンファーレの響き、万歳の叫び、たくさんの帽子、そういったものが霧と雨の後のすがすがしい空気を満たした。

そこで、とんでもないことが起きた。

大統領がクロエとアルヒロコスのそばを通り過ぎたちょうどその時、アルノルフは自分の世界秩序のナンバー・ワンと思いがけず遭遇したことを喜んで（その秩序のことをちょうど説明しようとしていたところだった）、尖ったあご鬚と白髪の大統領閣下の様子をうかがっていたのだが、その金ぴかの大統領閣下が馬車の窓枠の中から、マダム・ビーラーのペルノーとカンパリのびんの上に掛けてある肖像とまったく同じ様子で、突然、経理係に挨拶したのである。閣下はまるでアルヒロコスが昔からの知り合いででもあるかのように、右手を振ったのだ。白い手袋が振られたのはあまりにも明白で、それが彼に向けられたものであることもあまりにもはっきりしていたので、立派な口髭を生やしたふたりの警官が気をつけの姿勢をとったくらいだった。

「大統領がぼくに挨拶した」アルヒロコスは啞然としてつっかえながら言った。

「どうして挨拶しちゃいけないの?」クロエ・サロニキは尋ねた。

「だってぼくはとるに足りない一般市民なんだよ!」

「大統領は私たちみんなのおとうさん的存在ですもの」この奇妙な出来事をクロエはこう説明した。

そのとき第二の出来事が起きたのだが、その理由を理解できなかったにせよ、アルヒロコスは改めて誇らしい気持ちでいっぱいになった。

彼はちょうど自分の世界秩序のナンバー・ツーのモーザー司教について話そうとしたところだった。それから、〈最後から二番目のキリスト者の旧新長老会派〉と旧長老会派の間にある著しい差異について話し、ごく簡単に新長老会派(つまり、長老会派内部のスキャンダル)についても触れようと思っていた。ちょうどその時、彼らはばったりプティ・ペイザン(世界秩序のナンバー・スリーで、話はまだそこまで行っていなかった）に出会ったのだ。プティ・ペイザンは大統領官邸から五百メートルほど離れた世界銀行か、世界銀行の隣にある聖ルカ大聖堂から出てきたかしたところだった。彼は非の打ちどころのないコートを着てシルクハットをかぶり、白いスカーフを巻いて、パリッとエレガントに輝いていた。彼の運転手がロールス・ロイスのドアを開けて待ち受けていたその時、アルノルフは初めてプティ・ペイザンに気がついた。アルノルフは落ち着かない気分になった。このような出会いはめったにあることではなく、彼がクロエに自分の世界秩序について説明しているちょうどその時にそういうことが起きるのは、まさにおあつらえ向きだった。この大会社の社長はアルヒロコスのことを知らなかったし、知っているはずがなかった。というのも、アルヒロコスは分娩鉗子部《ぶんべんかんしぶ》の経理係にすぎなかったからである。けれどもそのことが逆に、挨拶することまではできなくても（神には挨拶をするものではない）、この立派な紳士について言及する勇気をアルヒロコスに与えた。それでアルヒロコスは驚いていたにせよ、自分の存在を知られることなくこの大人物のそばを通り過ぎることができるという意識に守られていたのだが、そこで先ほどの大統領の時と同じく、まったく理解しがたいことがまた起きたのである。プティ・ペイザンがにっこりと微笑み、シルクハットを脱いで振ってから、青ざめているアルヒロコスに向かって丁寧におじぎをしたのだ。それからリムジンのシートに座り、もう一度手を振って、そこから走り去った。

「あれはプティ・ペイザンだった」とアルヒロコスはあえぎながら言った。

「それがどうしたの?」

「ぼくの世界秩序のナンバー・スリーなんだよ!」

「だから?」

「ぼくに向かって挨拶した!」

「そうだといいわね」

「ぼくは単なる経理係で、分娩鉗子部のどうでもいいような課で、五十人の経理係と一緒に働いているにすぎないのに」アルヒロコスは大声を上げた。

「きっと分け隔てをしない人なのよ」とクロエは言った。「あなたの世界秩序の中でナンバー・スリーの位置を占めるのにふさわしいわね」彼女は明らかに、この出会いの意外性がまだよくわかっていないようだった。

真冬だというのに青さを増し、次第に現実離れしていく空に浮かぶ太陽がますます明るく輝き、どんどん暖かくなっていったこの日曜日の奇跡は、これで全部ではなかった。ギリシア人の彼女を連れ、錬鉄製の欄干がついた橋を渡り、古い公園を横切って壊れかけた城の前を歩いて行くアルヒロコスに向かって、突如としてこの大都市全体が挨拶をしようとしているかのようだった。アルノルフはだんだんと誇らしい気持ちになり、自覚的になり、足取りが晴れやかになり、顔つきも明るいものになっていった。今や彼は経理係以上の存在だった。幸福な人間だったのである。エレガントな若者たちが彼に挨拶をし、カフェやバスや、ベスパ・バイクから手を振り、こめかみが銀髪になった身なりのいい紳士たちや、NATO本部から来たらしい、勲章をたくさんつけたベルギー人の将軍までもがジープから降りて挨拶をした。アメリカ大使館の前では、二匹のスコッチ・コリーを連れた大使のボブ・フォスター゠モンローが彼に声をかけ、はっきりハローと言った。ナンバー・ツー（モーザー司教で、マダム・ビーラーの店に掛かっている肖像よりもっと太っていた）には、世界保健機関の向かいにあるノンアルコール・レストランに行く途中、国立博物館と火葬場の間でばったり出くわした。モーザー司教も彼に挨拶をしたが、もうこの時点ではそれもなんとなく当然のことになっていた。司教はアルヒロコスのことを、復活祭の説教に来ていたという理由で知っていただけだった。しかも、直接会って話したことはなく、賛美歌を歌っている老婆の一団にアルヒロコスが聴衆として混じっているのを遠目に見たことがあるだけだった。けれどもアルヒロコスの方は、この模範的人物について広く知らしめるべく教区に配布されたパンフレットに記載された司教についての記事を百回くらい読んでいたのだ。しかし、より困惑しているように見えたのは、挨拶を受けた旧新長老会派のメンバーたるアルヒロコスではなく、その会派を代表する司教の方だった。というのも、司教は見るからにあたふたとあわてた様子で、行く必要もない脇道に入り込んでしまったからである。

それからふたりは一緒に、アルコールを出さないレストランで食事をした。彼らは窓際の席に座って、世界保健機関に向かう人の群れの方を見ていた。建物の前には有名な事務局長の像があって、カモメが何羽も止まっていた。カモメはそこから飛び立ち、像の上を旋回してまた戻ってきた。ふたりとも長い散歩で疲れていたので、スープが目の前に運ばれてきても手を出さなかった。レストランの席は主に旧新長老会派の人々で占められていて(旧長老会派はわずかだった)、大方はオールドミスと、アルコールに抵抗して日曜ごとにここに来ている偏屈な独り者だった。とはいえ、店の主人は強情なカトリックで、モーザー司教の肖像を掛けることを頑として拒んでおり、それどころか大統領の隣にカトリック大司教の肖像を掛けているほどだった。

5

その後ギリシア人たちはふたりっきりで、昔からある市立公園の立像——観光ガイドブックや地図によると、それはダフニスとクロエ（古代ギリシアの恋愛物語に登場するカップル）を表現しているということになっていた——の下で、だんだんと互いの距離を縮めながら立っていた。彼らは太陽がまるで子ども用の小さな赤い風船のように木々の向こうに沈んでいくのを眺めていた。ここでもアルヒロコスに挨拶をする人がいた。それまでこの目立たない男（青白くて眼鏡をかけた、太り気味の男）の存在を気にかけるのは自転車競技ファンと経理係だけだったのに、突然町じゅうの注目の的になり、社交界の中心人物になったかのようだった。この夢のような状況はまだ続いていた。びっくりしたり夢中になったりしている批評家連中に取り巻かれたナンバー・フォー（パサップ）が通りかかったのだ。画家は円や双曲線を伴った直角の時代をちょうど終えたところで、楕円と放物線のある六十度の角を描き始めており、赤と緑の代わりにコバルトブルーとイエローオーカーを使うようになっていた。この現代絵画の巨匠は驚いて立ち止まり、何かぶつぶつとつぶやいてアルヒロコスのことを仔細に点検し、うなずいた。それから再び批評家連中を相手に何かを弁じながら、通り過ぎていった。かつてのナンバー・シックスとナンバー・セブン（今はナインとテン）であるメートル・デュトールと学長は巨匠とは違って、そっと目立たないようにウィンクした。というのも、彼らの傍らにはでっぷりと太ったそれぞれの妻がいたからである。

アルヒロコスは自分がどういう生活をしているかを語った。「稼ぎは多くはないんだ」と彼は言った。「仕事は単調で、分娩鉗子《ぶんべんかんし》についての報告書を書くんだけど、正確じゃないといけない。上司の経理係長は厳しくて。弟のビビとその子供たちの面倒もみないといけない。愛すべき連中で、ひょっとしたらちょっと乱暴で粗野かもしれないけれど、正直な人たちなんだ。お金を節約して、二十年後には一緒にギリシアに行こう。ペロポネソスや島々を訪ねるんだ。もうずいぶん前からそうしたいと夢見てきたんだが、きみと一緒に行けると思ったら、この夢がますますすばらしいものに思えてきたよ」

彼女は喜んだ。「すてきな旅になると思うわ」と彼女は言った。

「汽船に乗って行こう」

「ユーリア号に乗って」

彼は訝《いぶか》しげに彼女の方を見た。

「豪華客船よ。ウィーマン夫妻と乗ったことがあるの」

「そうだったね」と彼は思い出して言った。「『マッチ』にもそう書いてあった。でもユーリア号はぼくたちには高すぎる。それに二十年後にはもうスクラップになっているよ。ぼくたちは石炭運搬船に乗ろう。その方が安い」

よくギリシアのことを考えるんだ、と彼は続けて、またちょうど立ち込めてきた霧を眺めた。霧は軽くて白い煙のように、地面を這っていた。それから古い、半分ひび割れたような寺院がはっきりと見え、オリーブの森の奥に赤っぽい崖が光っていた。自分はこの町に亡命しているような気がすることがよくあるんだ、と彼は言った。まるで、バビロンのユダヤ人みたいに。ずっと昔に先祖が離れてしまった懐かしい故郷にいつか帰ってみることに、自分の人生の意味があるんじゃないかと思うんだ。

霧は今、白くて巨大な綿のかたまりのようになって、河岸に生えている木々の向こう側に横たわっていた。ゆっくりと進みながら激しく警笛を鳴らす貨物船を包み込み、それから立ちのぼって紫色に燃え上がり、大きな赤い太陽が沈んでしまうや否や、そこらじゅうに広がり始めた。アルヒロコスはクロエをエスコートして、かつてウィーマン夫妻が住んでいた大通りに出た。裕福で上品な一画だな、と彼は思った。彼らは老木が何本も植わった大きな庭を囲む鉄柵のそばを歩いた。その奥にある屋敷はほとんど隠れてわからないほどだった。ポプラや楡やブナや黒っぽい樅の木が銀色に暮れていく空に向かってそびえ、どんどん濃くなっていく霧の中にぼんやり消えていった。ふたつの巨大な石造りの土台の上にある、翼をもった幼児やイルカや奇妙な葉や螺旋《らせん》の飾りのついた鉄柵の扉の前でクロエは立ち止まった。彼女は正面玄関の上に取り付けてある赤いランプに照らされていた。

「明日の晩は？」

「クロエ！」

「玄関のベルを鳴らしてくれる？」彼女はそう言って、昔風の装置を指した。「八時はどうかしら」

それから彼女は経理係にキスをした。両腕を彼の首に回してからもう一度キスをし、その後で三度目のキスをした。

「一緒にギリシアに行きましょう」と彼女はささやいた。「私たちの故郷に帰りましょう。近いうちに。ユーリア号に乗って」
彼女は鉄柵の扉を開けて木々の下を通り、もう一度手を振って、なにやら秘密めいた鳥のようにやさしく何かを言ってよこしながら、見えないけれども庭の中にあるに違いない建物の方に歩いていき、霧の中へと消えていった。

一方アルヒロコスは、自宅のある労働者街へと戻って行った。長い道のりだった。彼はクロエと一緒に歩いた道をのろのろと歩いた。このおとぎ話のような日曜日の場面場面をじっくりと考えてみた。ダフニスとクロエの像の下にある、人気《ひとけ》のないベンチの前に佇み、最後のお客――旧新長老会派のオールドミスたち――が帰ったばかりの、ノンアルコール・レストランの前で立ち止まった。彼女たちのうちのひとりは次の通りの角で待ち伏せしていたらしく、彼に挨拶した。それから彼は火葬場と国立博物館と河岸通りに沿って歩いた。霧は濃く立ち込めていたが、それまでの数日間のように汚らしいものではなく、やさしくてミルクのようだった。天から長く差し込む金色の光の束や細かい針のような星がきらめいて、彼には魔法の霧のように思えた。リッツまでたどり着き、グリーンのマントに赤いズボン、大きな銀のステッキというでたちの、身長が二メートルはあろうかというドアマンが立っている豪華な正面玄関のそばを通り過ぎようとした時、ちょうどギルバートとエリザベス・ウィーマンがホテルから出てきた。この世界的に有名な考古学者夫妻を彼は新聞の写真で見て知っていたのだ。ふたりともイギリス人で、夫人の方も女性と言うよりは男性的な見かけで、夫と同じような髪形をしており、ふたりとも金縁の鼻眼鏡をかけていた。ギルバートの方は赤い口髭を生やし、短いパイプをくわえていた（それが彼と妻とをはっきり区別する特徴だった）。

アルヒロコスは勇気を奮い起こした。「マダム、ムッシュ」と彼は言った。「心よりご挨拶申し上げます」

「ウェル」と学者は言い、くたびれた堅信礼用スーツにはきつぶした靴といういでたちで目の前に立っている経理係を驚いたように見た。夫人のエリザベスも訝しげな眼で眼鏡越しに見た。

「ウェル」と学者は言って、「イエス」と付け加えた。

「あなた方のことを私の道徳的世界秩序におけるナンバー・シックスとセブンにしました」

「イエス」

「ギリシア人女性をひとり、養女になさいましたね」とアルヒロコスは続けた。

「ウェル」とミスター・ウィーマンは言った。

「私もギリシア人なんです」

「オー」とミスター・ウィーマンは言い、財布を引っぱり出した。

アルヒロコスはそれを制止した。「いえいえ、違うんです」と彼は言った。「自分が怪しげに見えることは承知しています。それに、ギリシア人らしくもないかもしれません。けれども、プティ・ペイザン機械工場からもらっている給料は、彼女と家庭を築くのに充分なものだろうと思います。それに、子どもを持つことだってできるかもしれません。三、四人てところかもしれませんが。何しろ、プティ・ペイザン機械工場には、社員の奥さんが妊娠した時に使える、とても進んだ福祉施設があるんですからね」

「ウェル」とミスター・ウィーマンは言って、財布をしまった。

「ごきげんよう」とアルヒロコスは言った。「あなた方に神の祝福がありますように。旧新長老会派の教会で、私はあなた方のために祈ることにします」

6

ところが、彼は玄関のところで物欲しげに手を差し出した弟のビビに出くわした。

「テオフィルが中央銀行でちょっとやっちまってよ」と彼は泥棒仲間の隠語で言った。「サツに嗅ぎまわられてる」

「それで？」

「落ち着くまで南に行ってないといけないんだ。でかい札五枚くれないか。クリスマスには返すから」

アルヒロコスは彼に金をやった。

「なんだよ、兄貴」ビビはがっかりして文句を言った。「ちっせえの一枚だけ？」

「これ以上はあげられないんだよ、ビビ」とアルヒロコスは謝った。困惑していたし、自分でも驚いたことに少し怒りを感じていた。「ほんとにだめなんだ。世界保健機構の向かいにあるノンアルコール・レストランで若い女性と一緒に食事をしてきたところなんだよ。定食とぶどうジュースを一本注文したんだ。所帯を持とうと思って」

ビビはびっくり仰天した。

「所帯を持ってどうするつもりなんだよ」彼は怒って叫んだ。

「おれがもう、ひとつ持ってるってのに！　その女、少なくとも金はあるのか？」

「いいや」

「職業は？」

「メイドだよ」

「どこの？」

「サン・ペール大通り十二番」

ビビは歯の隙間からピューという音を出した。

「もう寝るんだな、アルノルフ、けどその前にもうちょっと頼むよ」

7

六階にある屋根裏部屋に着くと、彼は服を脱ぎ、ベッドに入った。本当は窓を開けたかった。かび臭かったのだ。けれども、いつもにも増してトイレが気になったので開けないままにしておいた。薄暗がりの中で彼は横になっていた。向かいのファサードにある小さくて細長い窓のひとつで明かりがついたと思うと、今度は別の窓の明かりがついたりした。水を流す音がひっきりなしに聞こえた。屋根裏部屋の壁に掛けてある世界秩序の肖像が、代わる代わる照らし出された。司教が照らされたかと思うと、次は大統領、子どもと一緒のビビ、パサップの描いた絵の中の三角っぽい四角、といった具合に、次々と肖像が照らし出された。

「明日はウィーマン夫妻の写真を手に入れて、額に入れないと」と彼は考えた。

空気は淀んだようにむっとしており、ほとんど息ができないほどだった。眠るなど、とうてい無理だった。ベッドに入った時は幸せな気分だったのだが、今度は心配になってきた。クロエと一緒にこの屋根裏部屋で暮らし、所帯を持ち、帰る道々計画を立てたように三、四人の子どもを育てることなど、不可能だと彼は思った。新しい住まいを見つけなければならなかった。しかし、それに必要な金も財産もなかった。何もかも弟のビビにやってしまっていたからだ。彼の手許には何も残っていなかった。みすぼらしいベッドも粗末なテーブルもぐらぐらする椅子も彼のものではなかった。家具付きのアパートだったからである。道徳的世界秩序を表すいろいろな肖像だけが彼の所有物だった。貧困が彼の心を締めつけた。クロエの上品さと美しさは、上品で美しいものを必要としている、と彼は感じた。彼女が川に架かる橋やゴミ捨て場におかれた空っぽの樽に戻るようなことがあってはならなかった。彼にはトイレの水を流す音がますます悪意のこもった、不愉快なものに思われてきた。この屋根裏部屋から出て行くぞ、と彼は心に誓った。明日にでもすぐに、と彼は決心した。別の住まいを探そう。けれども、どうやってこの目標を達成するかを考えるうちに、彼は途方に暮れてしまった。どうすればいいかわからなかった。彼は自分が情け容赦のない仕組みの中に取り込まれており、この日曜日に我が身にふりかかってきた奇跡を実現する術《すべ》などないということを知っていた。彼はどうすることもできず、意気消沈して夜が明けるのを待った。そして、夜明けを告げたのもどんどん頻繁になっていくトイレの水の音だったのである。

この季節ではまだ薄暗い朝の八時ごろ、アルヒロコスはいつもの朝と同じように、プティ・ペイザン機械工場の本社ビルの中で、経理係長や女性秘書や経理係の大群の中をよたよたと歩き回っていた。彼は、地下鉄やバスや路面電車や、郊外と市の中心部を結ぶ鉄道から吐き出され、街灯にわびしく照らされながら、鉄とガラスでできた巨大な四角い建物の方に向かう灰色の人々の流れに混じった、とるに足りない一部品にすぎなかった。本社ビルは人々を飲み込み、分配し、選別した。人々はエレベーターやエスカレーターで上がったり下がったりし、廊下でひしめき合った。二階はタンク部、三階は原子砲部、四階は機関銃部などなどとなっていた。アルヒロコスは大勢の人々にはさまれて、押し合いへし合いしながら、七階の分娩鉗子部《ぶんべんかんしぶ》にあるオフィス１２２ＧＺ（ＧＺ＝Geburtszangen＝分娩鉗子）で働いていた。それはビルの中にたくさんある、殺風景で合理的な造りになっている部屋のひとつだった。彼はまず衛生室に入らなければならなかった。そこでうがいをし、錠剤を飲んだが（胃腸炎予防のため）、それは社会福祉事業によって決められた措置だった。それから彼はグレーの事務服を着た。まだすっかり凍えきっていた。というのも、この冬初めての大寒波が町に押し寄せ、一夜のうちにすべてをつるつるに凍らせていたからである。彼は急がなければならなかった。もう八時一分前で、遅刻は厳禁だった（時は金なり）。彼はデスクに着いた。それはやはり鉄とガラスでできており、ＵＢ１２２ＧＺ２８、ＵＢ１２２ＧＺ２９、ＵＢ１２２ＧＺ３０（ＵＢ＝Unterbuchhalter＝経理係）という番号の三人の経理係と一緒に使っていた。彼はタイプライターのカバーをはずした。彼の事務服にはＵＢ１２２ＧＺ３１という番号が付いていた。彼はかじかんだ指でタイプし始めた。大時計の針が八時を指した。その日の午前中に彼は、アッペンツェル・インナーローデン準州における分娩鉗子の急激な売上変化についてまとめる必要があった。彼とデスクを共有している三人の経理係たちも、彼と同じようにタイプをカタカタと打ち始めた。さらに四十六人の同じ部屋にいる同僚たち、同じ建物にいる何百人、何千人もの社員が八時から十二時までと二時から五時まで、途中に社員食堂での昼食をはさんで働いており、全員がプティ・ペイザンという優良企業に組み込まれていた。会社には大臣がやって来たり、外国からの代表団がやって来たりした。中には眼鏡をかけた中国人や、社会福祉に興味をもった好色そうなインド人がいて、シルクを身にまとった妻たちを従えて柱の間を歩き回った。

時には（ごく稀にではあるにせよ）日曜日の奇跡が月曜日にも続くことがあった。

8

アルヒロコスは上司の分娩鉗子部《ぶんべんかんしぶ》経理係長B121GZ（B＝Buchhalter＝経理係長）のところに行くように。スピーカーからそう指示が出された。一瞬、オフィス122GZはしんと静まり返った。息をする音も聞こえず、そっとタイプを打つ音さえ聞こえなかった。ギリシア人は青ざめて、ふらふらしながら立ち上がった。悪い予感がした。たぶんクビだ。ところが、経理係長B121GZはオフィス122GZの隣にある彼の部屋で非常に愛想よく彼を出迎えた。部屋に足を踏み入れることさえためらっていたアルヒロコスが驚いたことには、B121GZは怒りを爆発させながらとんでもない報告をしたのである。

「ムッシュ・アルヒロコス」と、B121GZは経理係の方に歩み寄り、握手までしながら大声で言った。「もうずいぶん前から、あなたの並はずれた才能には注目していたのですよ、そう申し上げてもよいと思うのですがね」

「いえいえ、とんでもありません」とアルヒロコスは答えた。ほめられて驚きながらも、いまだに不信感を拭えなかった。

「あなたの報告は」と、B121GZ（すばしっこい五十代の小男で、はげ頭の近眼で、経理係長が着る白い事務服にグレーの腕カバーを着けていた）はにっこりしながら両手をこすりあわせた。「アッペンツェル州の分娩鉗子の現状と営業についての報告はとてもよく書けています」

そう言っていただいてうれしいです、とアルヒロコスは口では言ったが、心の中では自分が経理係長の残酷な気まぐれの犠牲になってしまったことを確信していた。というのも、係長のフレンドリーな態度は何かの罠だと思ったからである。

不信に満ち満ちた経理係に係長は椅子を勧め、興奮した様子でオフィスの中を行ったり来たりした。

「あなたのすばらしい仕事ぶりに対してですね、アルヒロコスさん、私は昇進を計画しています」

「大変名誉なことだと思います」とアルヒロコスはどもりながら言った。

考えているのは係長補佐のポストです、とB121GZはささやき声で言った。「うちの部署が管轄になっている人事課長のところに申請を出したところです」

ありがとうございます、と言いながらアルヒロコスは立ち上がった。けれども、経理係長にはもうひとつ言うことがあった。彼はやっとの思いで次のようなことを述べた時、まるで彼の方がヒラの係員ででもあるかのようにびくびくして不幸そうに見えた。

「うっかりするところでしたが」とB121GZは小さな声で言い、落ち着きを失わないように努力した。「分娩鉗子部経理課長のOB9GZ（OB＝Oberbuchhalter＝経理課長）がアルヒロコスさんと話をしたいそうです。今日の午前中に」

係長は赤いチェックのハンカチで額の汗をぬぐった。

「つまり、今すぐ」と彼は続けた。「課長はあなたと話がしたいそうです。まあ、もう一度おかけになってくださいよ、まだあと一分ありますから。どうか落ち着いて、冷静さを失わないように、勇気を出して、状況にうまく適応してください」

「そうします」とアルヒロコスは言った。そうするように努力します。

「なんてこった」と係長は言って、デスクの向こう側に座った。「ほんとにね、アルヒロコスさん、よき友人として信頼し合って、私たちがふたりっきりの時はそう呼んでも構わないと思うんですがね――私の名前はルンメル、エーミール・ルンメルです――これまでこんなことは一度もありませんでした。もう三十三年もプティ・ペイザン機械工場で働いてるんですがね。課長が係員に話があるなんて。それもごくあっさりと。こんなはなはだしい就業規則違反には、まだ一度もお目にかかったことがない。ねえ、あなた、私はもうほとんど気が遠くなりそうですよ。もちろんあなたに優れた素質があることは認めます。それにしてもね！　私はまだ一度だって課長のところに行ったことがないんですよ。もしそんなことがあったら、恐怖でブルブル震えると思いますね。係長として用があるのは結局のところよくて課長補佐ですから！　それなのにあなたが呼び出されるなんて！　経理課長のところに直接呼び出されるなんて！　それには何か理由があるに違いない、彼の密かな企みがあるに違いない、あなたを昇進させるに決まってます。あなたは私のポストに就くんだ。そうに決まってる（そう言ってB121GZは涙をぬぐった）。ひょっとしたらあなたは課長補佐になるのかもしれない。近ごろ原子砲部の経理係長がそういうことになったんですがね、彼の場合は人事課長の奥様とお近づきになるという名誉に恵まれたのがその理由でした。けれども、あなたの場合は違う。あなたはそうではない。あなたの場合はただあなたの仕事ぶりが評価されたからだ。アッペンツェル・インナーローデン準州に関して完成させた報告書のせいだ。私にはわかる。ねえ、ここだけの話ですがね、あなたを係長補佐にしようという私の提案はまったく偶然だったんです。そしたら同じ時に経理課長の呼び出しが来た。嘘なんかじゃありませんよ！　まるで青天の霹靂のように我らが経理課長の女性秘書から私のところに電話がかかってきた時には、あなたの昇進を願い出る申請書はもう書き上がっていたんです。そろそろ時間ですよ、あなた。ところで、あなたを食事に招待することができたら妻が喜ぶことでしょう――それに娘も。とてもチャーミングな美人で、歌のレッスンに通ってるんですが――いつでもご都合のいい時に――あなたが来てくださったら私たちには名誉なことで――課長がいるのは南東五番の廊下にある六番のオフィスです――ああ、なんてこった、私は心臓が悪いんです――それに腎臓も」

9

南東五番の廊下にある六番のオフィスにいたＯＢ９ＧＺは恰幅のいい紳士だった。短く整えた黒い髭を生やして金歯を光らせ、香水の匂いに包まれて立派な腹を突き出していた。デスクの上にはプラチナの額に入れられた半裸のダンサーの写真が飾られていた。彼は経理係を堂々とした態度で迎え入れ、群れなす女性秘書たちを部屋から追い出すと、大らかな手つきで座り心地のよさそうな肘掛け椅子を経理係に勧めた。

「アルヒロコスさん」と、彼は話を切り出した。「あなたのすばらしい仕事ぶりはもう何年も前から我々経理課長仲間の目に留まっていました。特にアラスカを中心とした極北地域における分《ぶん》娩鉗子《べんかんし》の導入についてあなたが書いた報告書は注目に値するものであり、大きな反響を呼んだと言ってもいいくらいでした。我々のところではそれについてさまざまに議論されましたが、あの報告書は本部でも特別に注目されたという噂です」

「何か誤解があるようです、課長さん」とアルノルフは言った。「私が書いたのはアッペンツェル・インナーローデン準州とチロル地方についての報告書だけですから」

「私のことはプティ・ピエールと呼んでください」とOB9GZは言った。「私たちは今ふたりっきりで、どうでもいい奴らと一緒にいるわけじゃありませんから。アラスカについての報告書があなたの手になるものではないとしても、それはあなたからインスピレーションを受けて書かれたもので、そこにはあなたの精神が息づいています。アッペンツェル・インナーローデン準州とチロル地方についてお書きになった模範的報告書の比類ない文体がそこにはあるのです。あなたのお仕事が多くの模倣者を生んでいるという証拠なのです。同僚のシュレンツレ経理課長にいつも言っていたのですよ、アルヒロコスは詩人だ、偉大な作家だと。シュレンツレがよろしくとのことです。それから、ヘーバーリン経理課長もよろしくと言っています。あなたがうちのようなすばらしい会社で低い地位しか与えられていないことに、私はいつも心を痛めていました。あなたの卓越した才能に見合ったものではありませんから。ベルモットを一杯いかがですか」

「ありがとうございます、プティ・ピエールさん」とアルヒロコスは言った。「でも、私は禁酒主義者なものですから」

「特に許せないのは、あなたが経理係長B121GZのもとで、あの本当に凡庸な、ルンムラーとかいうつまらない奴のもとで働いていることです」

「あの人は私を係長補佐に推薦してくれたところです」

「まったくあいつらしい」OB9GZは怒りながら言った。「係長補佐だって！　そんなもの、自分がなりゃいいんだ。こんなに才能のあるあなたが係長補佐だなんて！　プティ・ペイザン機械工場の分娩鉗子部門がこの四半期で飛躍的な発展を遂げたのは、他でもないあなたのおかげだというのに」

「ですが、プティ・ピエールさん……」

「謙遜しすぎてはだめですよ、あなた、謙遜しすぎては。どんなことにも限度というものがあります。もう何年も前から私は辛抱強く待っていました。あなたが私を信頼して頼んでくれればいいのにと思っていました。あなたのかけがえのない友であり崇拝者でもあるこの私に頼んでくれればいいのにと。それなのにあなたはあの我慢ならない経理係長のもとで、たくさんいる係員のひとりとしての立場をそのまま耐え忍んだのです。あなたにはまったくふさわしくない環境なのに。デスクをげんこつで叩くこともなく！　あのろくでなしはきっとあなたをひどくイライラさせたに違いありません。だから私が直接介入することにしたのです。私はもちろん、この迷宮のような本部にあっては無力でちっぽけな経理課長にすぎません。無に等しい小者です。けれども、勇気を奮い起こしたのです。世界が滅亡しようとしまいと、誰かがあなたの才能の味方になる勇気を持たないといけないのですから。仮にそれが命取りになるとしても。理不尽なことには立ち向かう勇気が必要ですからね、あなた！　もしそういう勇気がなくなってしまえば、プティ・ペイザン機械工場の倫理観はもうおしまいです。そうなれば我々に残されるのは官僚主義による独裁以外の何ものでもありません。私はいつもそう言ってるんですけれどもね。私はうちの人事課長と電話で話をしました——彼からもあなたによろしくとのことです——あなたを部長代理にしたらどうかと提案したんです。アルヒロコスさん、あなたのもとで我々の仕事をやり続ける、つまり分娩鉗子を倦《う》まず弛《たゆ》まず改良し、普及させていくこと以上にすばらしいことは私には考えられないんですよ。ですが、本当に残念なことにプティ・ペイザンご自身に、いわば神様のような、あるいは運命と呼んでもいいかもしれないあの方に先を越されてしまいました。私個人としてはちょっとした不運でしたが、もちろんあなたにとっては、自分の手で勝ち取ったとは言え、すばらしい幸運を意味しているのですけれどもね」

「プティ・ペイザンですって？」

アルヒロコスは夢でも見ているようだった。

「そんなことあるわけないですよ！」

「彼は今日のうちに、今朝のうちに、できれば今すぐにでもあなたに会いたいそうです、アルヒロコスさん」とOB9GZは言った。

「でも……」

「でも、なんて言わずに」

「いえ、私が言いたいのは……」

「アルヒロコスさん」と、経理課長はまじめな口調で、手入れされた髭をなでながら言った。「私たちの間では正直に話し合うことにしましょう。男同士ですから。友だち同士ですから。率直に話し合いましょう。今日は歴史的な日です。話し合い、ものごとを明らかにする日です。名誉にかけて誓いますが、私があなたを部長代理にするよう提案したという事実と、我らが敬愛してやまないプティ・ペイザンがあなたと話したいと言っている事実の間にはまったく関係がないということを、あなたにはどうしてもお伝えしておきたいのです。そうではなくて、あなたの昇進について私が正式に申請しようと口述筆記させているところに、ツォイス部長から呼び出しがあったのです」

「ツォイス部長？」

「分娩鉗子部を統括している方です」

アルヒロコスは自分の無知を詫びた。これまでそういう名前を聞いたことがなかったのだ、と彼は言った。

「わかってますよ」と経理課長は言った。「部長級の方々のお名前は、経理係長や係員の耳には入ってこないものなのです。その必要もありませんし。下層労働者がやらなければならないのは書くことです。アッペンツェル・インナーローデン準州やら何やら、どこかの田舎についてのくだらない文書を作成することです。ここだけの話ですがね、アルヒロコスさん、そんなものには誰も興味を持たないんですよ――あなたの報告書だけはもちろん例外ですけれどもね、私たちはあなたのお仕事に支えられているんですから。あなたの報告書は課長クラスのみんなが奪い合って読んでいます。それは認めますよ。たとえばバーゼルラント準州についてのあなたの報告書や、コスタリカについての報告書はすばらしいものでした。前にも言ったように模範的な報告書です。ですが、その他は――給料を支払いすぎているあの役立たずのばか者どもは、あの経理係長や係員どもは、そうではないということを、私はもうずっと前から本部のお偉方に言ってきたんですよ。あなたのためにこの件は秘書の力だけを借りて私が片付けてごらんにいれます。何と言ってもプティ・ペイザン機械工場は知的に遅れている人たちのための養護施設ではありませんからね。

ところで、ツォイス部長からくれぐれもよろしくとのことです」

「ありがとうございます」

「残念ながら彼は今、入院中で」

「そうなんですか」

「神経が参ってしまって」

「それはお気の毒に」

「ねえ、あなた、おわかりでしょう。あなたが分娩鉗子部に引き起こしたのは大変動《カタストロフィ》以外の何ものでもないんですよ。これに比べればソドムとゴモラを焼いた火なんて大したことはありません。プティ・ペイザン社長があなたとお話ししたいそうです！　まあ、いいでしょう、社長にはあなたと話をする権利がある。神様は満月を尖らせることだってできるんですからね。けれども、社長がこんなことをするなんて、いったい何事かと思わずにはいられません。プティ・ペイザン社長が経理係と話をする！　これは満月が尖るくらいの奇跡ですよ。かわいそうな部長の耳元で弔いの鐘の音が鳴るのも当たり前だ。で、部長代理はどうなったと思います？　やっぱり神経が参って倒れてしまいました」

「いったいどうして？」

「それはねえ、あなた、あなたが分娩鉗子部の部長に任命されるに決まってるからですよ。そんなこと、まだおむつをつけているような赤ん坊にだってわかります。そうでなければ、これらすべてのことに意味がなくなってしまう。社長が呼び出す者は部長になる。経験上、そういうことなんです。クビになる時は人事部長に呼び出されますから」

「部長に？　私が？」

「ええ。昇進の話はもうフォイツ人事部長がしています。彼からもよろしくとのことです」

「分娩鉗子部の部長ですか？」

「ひょっとしたら原子砲部かもしれません。そんなこと、誰にもわかりませんよ。フォイツ人事部長は、こうなったらもうなんでもありだと言っています」

「でもいったいどうして？」何が何だかわからなくなったアルヒロコスは叫んだ。

「おやおや。ご自分が書いた高地イタリアについてのすばらしい報告書をお忘れですか……」

私が書いたのは東部スイスとチロル地方の報告です、と経理係は訂正した。

「東部スイスとチロル地方でしたね、ちょっと取り違えたみたいです。何しろ地理学者じゃありませんので」

「そんなこと、分娩鉗子部長に任命される理由にはなりませんよ」

「何をおっしゃいますやら」

「部長になるだけの能力が私にはありません」とアルヒロコスは抗議した。

ＯＢ９ＧＺは頭を振り、謎めいた目つきでアルヒロコスを見てにっこり笑ったので、金歯が見えた。彼は手入れの行き届いたおなかの上で手を組んだ。「ねえ、あなた、なぜあなたが部長に昇進するのか、その理由を知らなければならないのはあなたであって、私ではありません。もし知らないのなら、詮索はおよしなさい。その方がいいですよ。私の忠告をお聞きなさい。こうやってふたりっきりで面と向かって話をするのも、これが最後でしょう。模範的な会社である我が社の不文律に真っ向から対立するのでない限り、部長と経理課長が直接やりとりすることはありませんからね。私は今日初めてツォイス部長にお会いしましたが――まさに部長の失脚の瞬間に、ということですけれども――経理課長と直接やりとりするべき唯一の人物である私の上司のステユッシー部長代理が、かわいそうに、ちょうど担架で運び出されていくところでした。正真正銘の神々の黄昏、ということですね。この印象的な場面についてはもう何も言わないことにしましょう。あなたのそのご懸念です。あなたは部長になるだけの技量がないと思っていらっしゃる。ねえ、あなた、部長になる技量なら誰にでもあるんですよ。ここだけの話ですけれどもね、どんなに間抜けな奴にだって、部長になる能力があるんです。だって、部長でありさえすればいいんですから。つまり、部長として存在して、威厳を身につけ、それを見せながら、インド人や中国人やズールー人や、ユネスコ職員や医師会の会員やその他もろもろ、神様がお創りになったこの広い世界で立派な分娩鉗子に興味を持っている人たちをいろいろな部屋に案内すればいいんです。経営や技術的なことや見積もりや計画など、実務的な内容に関しては、経理課長たちがうまくやってくれます。大切な友人に対して率直にものを言うことが許されるとすればですね。白髪になるほど心配する必要はありませんよ。もちろん大事なのは、課長のうち誰を部長代理に選ぶかということです。ステュッシーはもうアウトです。どっちみち潮時だったんです。ツォイス部長にべったりでしたからね。腰巾着ですよ――まあ、ツォイスの専門家としての能力について意見を述べることは差し控えましょう。礼儀に叶っていないでしょうから。彼は神経が参ってしまった。批判する気など毛頭ありません。ここだけの話ですけれどもね、彼はまったくもって苦労の種だったんですよ。大切な友人であり後ろ盾でもあるあなたが書いたダルマチア地方についての報告書を、彼は理解することすらできなかったんですから。その他の点だって、これっぽっちも――はいはい、わかっていますよ、ダルマチア地方じゃなくてトッゲンブルク地方かトルコのことでしたね。もうその話はよしましょう。あなたはもっと高い目標のために生まれたのです。驚嘆している我々経理課長の頭上を、あなたは鷲のように大空に舞い上がるのです。いずれにしてももう一度、ここだけの話をしましょう。私たち経理課長はあなたが部長になられることを喜んでいます！　あなたのいちばんの友人として特に私がハレルヤ、ホサナと歓喜の声を上げていることは（ここでOB9GZは涙をにじませた）もう一度強調するまでもないでしょう。もし私が部長代理になりたい様子に見えるとしたら、とんでもないことです。私が課長の中ではいちばんの年長者であるとしてでもですね。私たち経理課長のうち、あなたが誰を選ぶことになったとしても、誰が部長代理に任命されたとしても、私はその選択をよしとし、あなたの最大のファンであることに変わりはありません――同僚のシュペーツレがあなたにお目にかかりたいと言っています、それから同僚のシュレンツレも。でも残念ながら、今すぐプティ・ペイザンのところにお連れしなければいけないんじゃないかと思います。控室にあなたを無事に送り届けるという意味ですけれども。その時間になりましたからね。じゃあ、一緒に来てください。胸を張って、幸運をしっかりと味わうんですね。あなたは私たちのうちで最も立派で才能のある人なんですから。最も正しい、と言ってもいい。天才的と言えるほど幸運に恵まれた人です。分娩鉗子部は大いにがんばって機関銃部を凌駕することになるでしょう。私はそう予想しますよ。勢いよく、元気にね。ねえ、我らが部長さん、もうそうお呼びしてもいいでしょう。それでは参りましょうか。部長専用エレベーターにご一緒できるのは大変名誉なことで、私は本当にうれしいですよ」

10

アルヒロコスはＯＢ９ＧＺと一緒にまったく未知の空間に足を踏み入れた。ガラスと、よくわからない金属でできた世界で、清潔に光り輝いていた。すばらしいエレベーターが彼を本部の建物の上の方にある秘密に満ちた階へと運んで行った。女性秘書たちが軽やかに、いい香りを漂わせながら微笑みを浮かべて彼のそばを通り過ぎた。彼女たちの髪はブロンドだったり、黒だったり、茶色だったりした。ひとりは目の覚めるような朱色の髪をしていた。男性秘書たちはアルヒロコスのために道をあけ、部長たちはおじぎをし、常務たちは彼に向かって愛想よくうなずき、ふかふかした廊下が彼を迎え入れた。廊下に並んだドアの上についた小さなランプが赤や緑に点灯し、それだけが密やかな管理業務の証しだった。彼らは柔らかいカーペットの上を音もなく歩いた。いかなる騒音も、ほんのちょっとした咳払いや極力抑えた咳ですら固く禁じられているようだった。壁に掛かったフランス印象派の絵が輝いていた（プティ・ペイザンの絵画コレクションは有名だった）。ドガの踊り子、ルノワールの水浴する女たち。背の高い壺に生けられた花からいい香りがした。上の階に行けば行くほど、廊下やホールの人影がまばらになった。建物の様子も実務的かつスーパーモダンで冷たい感じを失い、大きさは変わらないまま、下の階よりも見事で暖かくて人間味を帯びたものになっていった。壁にはゴブラン織のタペストリーが飾られるようになり、ロココやルイ十四世様式の金色の鏡が掛けてあった。プッサンとヴァトーの絵が何枚か、それにクロード・ロランの絵もあった。最上階に到達した時（アルヒロコスと同じように委縮したOB9GZは――彼もこんな高いところまで来たことがなかったのだ――ここで別れを告げた）、経理係は完璧なタキシードに身を包んだ堂々たる白髪の紳士に出迎えられた。それはおそらく秘書のひとりで、アルヒロコスを導いて楽しい雰囲気の廊下や明るいホールを通っていった。あちこちに古代ギリシアの壺やゴシックの聖母像やアジアの神々の像やアメリカ先住民の壁掛けなどが飾ってあった。原子砲や機関銃の製造のことを思い出させるようなものはもう何もなかった。ルーベンスの絵の中から経理係に向かって笑いかける小さな天使やあどけない子どもを見ると、うっすらと分娩鉗子《ぶんべんかんし》を連想することができるくらいだった。太陽は現実には氷のように冷たい空に浮かんでいたのだが、窓を通すと暖かくて快い円盤となってほのかに光った。座り心地のよい肘掛け椅子やソファーがあちこちに置いてあった。どこからか明るい笑い声が聞こえてきて、グレーの事務服を着たアルヒロコスはクロエの笑い声を思い出した。彼は自分が体験した明るい日曜日のことを思い出した。それがおとぎ話のように続いているのだ。どこかで音楽が鳴っていた。ハイドンかモーツァルトだった。タイプライターのカタカタいう音も、興奮した経理係たちが歩き回る音も、彼がたった今離れてきた世界を思い出させるようなものは何もどこからも聞こえてこなかった。その世界はまるで悪い夢のように彼のずっと下の方に沈んでいた。それから彼らが入っていったのは明るい部屋だった。壁には赤い絹が張られ、裸の女性を描いた大きな絵が掛かっていた。おそらくは至る所で話題になっている、かの有名なティツィアーノの絵だろうと思われた。その値段についてあれこれ噂になっていたのだ。小ぶりで優美な家具が置いてあった。小さな書き物机、銀の針のついた、チクタク音を立てている小さな壁掛け時計、いくつかの小さな肘掛け椅子に囲まれた小さな遊戯用テーブルがあり、花が生けてあった。バラや椿やチューリップや蘭やグラジオラスが惜しげもなくたっぷりと飾ってあり、まるで四季など存在せず、寒さも霧も冬も関係ないかのようだった。彼らがその部屋に足を踏み入れるや否や、脇にある小さな扉が開いて、プティ・ペイザンが入ってきた。彼も秘書と同じようにタキシードを着ていた。左手にはインディアペーパー版のヘルダーリン詩集を持ち、人差し指をページの間にはさんでいた。秘書は部屋から出て行った。アルヒロコスとプティ・ペイザンは向かい合って立った。

「さてと」とプティ・ペイザンは言った。「アナクシマンダーさん――」

アルノルフ・アルヒロコスです、と経理係は訂正しておじぎをした。

「アルヒロコスね。よろしい。あなたの名前がこう、ギリシア風と言うか、バルカン風なのは知っていたんですよ、経理課長さん」

「経理係です」と、アルヒロコスは自分の社会的地位を訂正した。

「経理係も経理課長もほとんど同じでしょう」と言って、大会社の社長はにっこりした。「そうじゃないですか？　少なくとも私にとっては同じですよ。上の階にあるこの私の居場所はいかがですか？　すばらしい眺めでしょう。自分で言うのもなんですがね。町全体が見渡せる。川も、大統領官邸まで見える。大聖堂はもちろんのこと、遠くに東駅まで見える」

「本当にいい眺めですね、プティ・ペイザン社長」

「原子砲部の者でこの階まで足を踏み入れたのはあなたが初めてですよ」と、社長はアルヒロコスに祝意を表した。まるでスポーツで偉業を成し遂げたかのようだった。

自分は分娩鉗子部に配属されています、とアルヒロコスは答えた。担当は東部スイスとチロル地方で、目下のところアッペンツェル・インナーローデン準州に取り組んでいます、と言った。

「おやおや」と、プティ・ペイザンは驚いて言った。「分娩鉗子部ですか。そういうものをうちの会社が作っているとは知りませんでした。それはいったい何です?」

分娩鉗子というのは、とアルヒロコスは説明した。ラテン語でフォルセプスと言い、出産のとき胎児の頭部を牽引して、陣痛だけの自然分娩よりも分娩を早めるための出産補助器具です。プティ・ペイザン機械工場株式会社はさまざまな型の鉗子を製造しています。特に違いがあるのは、ひとつにはウィンドウのあるふたつの鉗子匙の部分で、一方は胎児の頭部を包み込むように湾曲しており、もう一方は骨盤湾曲と呼ばれる湾曲です。それから、会陰湾曲というものもあって、鉗子匙を挿入しやすくしています。型によって違うもうひとつのポイントは把手の部分で、短いものや長いもの、木製のものや金属製のものがありますし、握りがついていないものや、把手が斜めについているものもあります。それから、ロックの部分がさまざまです。つまり、使用する時にふたつの匙を十字に重ね合せて鉗子にする部分のことです。それから値段は……

「担当の商品を熟知しておられる」にっこりして社長は言った。「でも値段のことはもう省略しておきましょう。さて、それでですね、ええと――」

「アルヒロコスです」

「アルヒロコスさん、あなたを長々と拷問にかけるのはやめにして、手短にお話ししましょう。あなたを原子砲部の部長に任命します。たった今、分娩鉗子部の所属であることをお聞きしたところですが、そんな部の存在については、私は本当にまったく何も知らないのです。それで、私は少し驚いているんですけれども、どこかで何かの取り違えがあったに違いありません。こういう大きな会社ではいつも何かが取り違えられているものですからね。まあ、いいでしょう。大したことではありません。ふたつの部署を統合してしまいましょう。つまり、あなたは原子砲・分娩鉗子部の部長になるのです。今の部長には引退させるよう手配します。昇任の話をあなたに直接お伝えすることができてよかった。幸運を祈ります」

「分娩鉗子部のツォイス部長はもう入院しています」

「え、それはまたいったいどうして?」

「神経が参ってしまって」

「おやおや、それでは私の目論見がもう彼の耳に入ったということですね」訝《いぶか》しがりながらプティ・ペイザンは頭を振った。「でも私がクビにしようと思っていたのは、原子砲部のイェフディ部長の方だったのに。いつも何かが下の方に漏れて、おしゃべりが多すぎるようだ。まあ、いいでしょう。ツォイス部長はノイローゼになることで私の先手を打ったわけだ。どっちみち、彼もクビにしておかなければならなかったんです。イェフディ部長がそれだけにいっそう落ち着いてこの決定を受け止めてくれることを期待しましょう」

アルヒロコスは勇気を奮い起こし、インディアペーパー版を手にしたプティ・ペイザンを初めてまともに見た。「お尋ねしてもよろしいでしょうか」と彼は言った。「いったいどういうことなんでしょう。社長が私を呼び出されて、私を原子砲・分娩鉗子部長に昇進させるとおっしゃる。正直申しまして、落ち着かない気分です。私には事態が理解できないものですから」

プティ・ペイザンは静かに経理係の方に目をやり、ヘルダーリンの本を緑色の遊戯用テーブルの上に置いて腰を下ろしてから、アルヒロコスにも腰かけるよう手振りで促した。彼らは日の光を浴びながら、向かい合わせに座った。クッションは柔らかかった。アルヒロコスは息をするのもはばかられた。それほどまでに、厳粛な状況であるように思えたのである。この謎に満ちた出来事の理由がついに明らかにされるのだ、と彼は思った。

「プティ・ペイザン社長」それで彼は改めて、おずおずした声でつかえながら言った。「私は社長のことをいつも崇拝してきました。社長は私の道徳的世界構造のナンバー・スリーです。その構造というのは、道徳的な拠り所として私が自分で作ったものなのですけれども。社長は、敬愛する我らが大統領と旧新長老会派のモーザー司教のすぐ次にいらっしゃるんです。正直に申し上げますけれども。ですから余計に、社長のなさることの理由を説明していただきたいのです。経理係長のルンメルと課長のプティ・ピエールは、私が書いた東部スイスとチロル地方についての報告書がすばらしかったからだと言い張っていましたが、でも、あんなものを読む人はいませんん」

「ねえ、アゲジラオスさん」とプティ・ペイザンは改まって言った。

「アルヒロコスです」

「アルヒロコスさん。あなたは経理係か経理係長で――さきほども申し上げたとおり、違いがよくわからないのですが――今や部長になる。それがあなたを混乱させているようだ。ねえ、あなた、いいですか、あなたにとっては奇妙な成り行きもすべて、広い視野から見ないといけません。つまり、私の機械工場の中で行なわれている多種多様な活動の一部として見ないといけないのです。うちの工場は――今日初めて知って、喜んでいるのですけれども――分娩鉗子すら製造している。それがいくらかは儲けになっていればいいのですが」

アルヒロコスは顔を輝かせた。

アッペンツェル・インナーローデン準州だけでも過去三年間に六十二個も売れました、と彼は報告した。

「ふむ、それはちょっと少ないな。まあ、いいでしょう。人道的な部署のやることですからね。人類が世界から作り出すものに加えて、世界を作り出すようなものを我々が製造していると知って、いい気分ですよ。何事もバランスが大切ですから。たとえ儲けにならないものがあるとしてでもですね。ありがたいことです」

プティ・ペイザンはここで一息ついて、ありがたそうな顔をした。

「ヘルダーリンは『アーキペラゴス』という詩の中で、商人――そこには企業家も含まれると思いますが――ともかくも商人のことを、『遥かかなたにまで思いを馳せる』人たちだと言っています」と、彼はかすかにため息をつきながら続けた。「心を揺さぶられる言葉です。こういう商売は恐ろしいものなんですよ、アリスティップさん、工場労働者や従業員、経理係、女性秘書の数は膨大で、もはや見通しがきかないくらいです。部長だって私はよく知らないし、常務ならなんとかわかるかな、といった程度です。近視だったらこのジャングルの中で迷ってしまうでしょう。遠視で、ひとつひとつの細部、ひとりひとりの運命にこだわらず、全体に目を配る者、遠くにある目標を見失わず、詩人の言葉を借りれば、遥かかなたにまで思いを馳せる者だけが――ヘルダーリンの作品はご存じですよね――常に新たな計画を立て、インドやトルコやアンデス山脈やカナダで常に新しい企画に挑むことを知っている者だけが、泥沼の競争とトラストに負けて沈み込んだりはしないものなのです。遥かかなたにまで思いを馳せる。私はちょうど、ゴムと潤滑油のトラストを設立しようとしているところなのです。きっといい仕事になるでしょう」

プティ・ペイザンはもう一度間をおいて、遥かかなたにまで思いを馳せている様子だった。

それから彼は、「私はこんな風に計画を立て、こんな風に働いているのです」と言った。「時代という猛スピードの織機で織物を作る作業にちょっとばかり参加している、といったところでしょうか。大した貢献はしていないとしても。鉄鋼トラストや常喜院社、ペスタロッツィ工場やヘスラー・ラビシュ社に比べたら、プティ・ペイザン機械工場は吹けば飛ぶような存在です！　でも、うちで働く労働者や社員にとってはどうでしょうか？　私がちゃんと広く見渡して全体を把握しておかなければならないスタッフひとりひとりの運命はどうなのでしょう？　この問題について私はよく考えるんです。彼らは幸福か？　世界の自由が問題になっているとして、うちの労働者たちは自由か？　私は福利厚生に力を入れてきました。母親や父親のための保養施設、スポーツ・ジム、プール、社員食堂、健康維持のためのサプリメント、観劇、コンサート。けれども、私が取り組んでいるこの世界は物質主義になり、汚い金まみれになっているのではないでしょうか？　この問題が私をやりきれない思いにさせるのです。他の誰かにポストを奪われるというだけで、部長が倒れる。ひどいものだ。どうしてそこまでお金にこだわるのでしょう。重要なのは精神だけです。ねえ、アルタクセルクセスさん、お金よりも軽蔑すべき、つまらないものはないのですよ」

プティ・ペイザンはここでしばらく黙った。心を痛めている様子だった。

アルヒロコスは身動きするのもはばかられた。

けれどもそれから社長はからだをしゃんと伸ばした。彼の声は力強く、冷たく響いた。

「なぜ自分を部長にするのかとあなたは尋ねる。よろしい、お答えしましょう。自由をお題目として唱えるのではなく、実行に移すためです。うちの社員のことを私は知らないし、理解もできません。けれども、彼らは物事を純粋に精神的に理解するというところまでには至っていないように見えます。私とは違って、ディオゲネスやアルベルト・シュヴァイツァーや聖フランチェスコは彼らの理想ではないようです。うちの社員ときたら、瞑想、愛のある奉仕、清貧など行なわず、うわべだけ飾ったまやかしの社会を優先している。いいでしょう、世界には世界の欲しがるものを与えておけばいい。老子のこの作法を私はいつも尊重してきました。だからこそあなたを部長に任命したのです。この点でも正義がなされるように。叩き上げの者、社員の心配と困難を徹底的に知り抜いている者が部長になるべきなのです。会社全体の構想を練るのは私ですが、経理係や係長、男性秘書や女性秘書、本部で働くメッセンジャー・ボーイや掃除婦と触れ合うことなる人は彼らと同じ階層の出身者であるべきです。ツォイス部長もイェフディ部長も、彼らと同じ階層の人ではなかった。彼らのことを私はかつて用意周到な部長として登用し、そうこうするうちに彼らのライバルたちは破滅してしまったのですがね。脱落する者のことは放っておきましょう。今こそ、我々西側の世界をラディカルに実現すべき時です。政治家なんか役には立ちません。今や大企業も役には立たない。すべてのものが破滅するのです、アガメムノンさん。創造的であってのみ人間は人間であり、あなたを部長に任命することは創造的な行為であり、非創造的共産主義に対置させるべき創造的社会主義の行為なのです。あなたにお伝えしなければならないことは、これで全部です。この瞬間からあなたは部長、いや常務です。けれども、まず休暇をお取りなさい（と彼は微笑みながら続けた）、あなたがすぐ使えるようにしてある小切手が出納窓口にあります。準備をなさったらいいですよ。先日、とても魅力的なご婦人とご一緒のところをお見かけしましたが――」

「婚約者です、プティ・ペイザン社長」

「結婚間近なんですね。おめでとうございます。結婚なさるといいですよ。残念ながら、私はそういう幸運には恵まれませんでしたが。あなたに常務の年収を用意させましょう。いや、その二倍にしましょう。何しろあなたは分娩鉗子部と原子砲部の両方の責任者になるのですからね

――これからサンティアゴと重要な話があるものですから――ごきげんよう、アナクサゴラスさん……」

11

かつてＵＢ１２２ＧＺ３１であったアルヒロコス常務が男性秘書に付き添われてエレベーターまで行き、本部の建物の中でも最も神聖な一角を離れるや否や、まるで王侯貴族のような扱いを受けた。他の常務たちから情熱的に抱擁され、部長たちからはおじぎされ、女性秘書たちは猫なで声を出して媚びへつらい、経理課長たちは遠くからこっそり忍び寄り、どこかでＯＢ９ＧＺが忠誠の気持ちでいっぱいになりながらじっと待ち構えていた。原子砲部から担架に載せられたイエフディ部長が運び出された。明らかに拘束服を着せられており、いまや消耗して気を失っていた。彼は自分のオフィスにあった家具をめちゃくちゃに壊したに違いなかった。アルヒロコスの方はと言えば、ぞっとする気持ち以外の何も感じなかったのであるが、彼はそれをすぐに受け入れてしまった。少なくとも確実なのは、と彼は相変わらず不信感を抱きながら考えた。ＯＢ９Ｇ

Zを分娩鉗子部《ぶんべんかんしぶ》の部長代理にすることだ。係員仲間のUB122GZ28、UB122GZ29、UB122GZ30の三人は係長にしよう。それから、アッペンツェル・インナーローデン準州での分娩鉗子の宣伝について、いくつか指示を出さないといけない。そう考えながら彼は本部の建物を出た。

それから彼は生まれて初めてタクシーに乗った。疲れ果てて空腹で、嵐のような昇進に困惑しながら、マダム・ビーラーの店に乗りつけた。

町は晴れわたった空の下、凍りつくほど寒かった。まぶしい光の中、物がすべて明瞭すぎるほど明瞭に見えた。宮殿、教会、橋、大統領官邸に掲揚してあるじっと動かない大きな旗。川面はまるで鏡のようで、色はまじり合うことなくそれぞれがくっきりと併存していた。大小の通りには影が定規を当てたようにきっぱりと鮮明に映っていた。

アルヒロコスは店に足を踏み入れた。いつものようにドアベルがチリンと鳴り、彼はみすぼらしいコートを脱いだ。

「あらまあ」とジョルジェットがカウンターの向こうで言った。彼女はちょうどカンパリを飲もうと注いだところで、冷たい太陽の光を浴びてきらきらしているびんやグラスに囲まれていた。

「あらまあ、ムッシュ・アルノルフ！　いったいどうしたんです？　疲れて青い顔をしているじゃありませんか。寝不足のようだし。それにもうとっくの昔に、あの拷問部屋のような会社で働いている時間ですよ！　どこか具合でも悪いんですか？　生まれて初めて女の人と寝たとか、ワインを飲んだとか？　それともクビになったんですか？」

「その逆です」とアルヒロコスは言って、いつもの隅っこに座った。

オーギュストがミルクを運んできた。

その逆というのはどういう意味かと、訝《いぶか》しがってジョルジェットが尋ねた。彼女は煙草に火をつけ、煙を斜めに差し込む日の光に向かって吹きかけた。

「今朝、原子砲部と分娩鉗子部の常務に任命されたんです。プティ・ペイザン社長からじきじきに」アルヒロコスはいまだに息を切らしながら言った。

そこにオーギュストがアップルムースとパスタとサラダの入ったボウルを運んできた。

「へえ」ジョルジェットはうなるように言った。彼女はこの出来事にさして心を動かされている様子には見えなかった。「そりゃまたどうして？」

「創造的社会主義のためなんです」

「へえ、そうなの。で、昨日あのギリシア人女性とはどうだったの？」

「婚約しました」とアルヒロコスは当惑した様子で言い、赤くなった。

「それはまともな判断ね」マダム・ビーラーはほめた。「彼女の職業はいったい何なの？」

「メイドです」

「それはずいぶんと変わった職場に違いない」とオーギュストが言った。「あんなコートが買えるんだからね」

「黙っていてちょうだい！」とジョルジェットが叱りつけた。

私たちは散歩をしたんです、とアルノルフが言った。すべてがとても奇妙で、とても風変わりでした。まるで夢を見ているみたいに。みんなが急に自分に向かって挨拶をしてくれるようになったんです。車やバスの中から、大統領やモーザー司教や、画家のパサップが挨拶をし、アメリカ大使は私に向かってハローと声をかけました。

「ふーん」とジョルジェットが言った。

「メートル・デュトールも挨拶してくれたんです」とアルノルフは続けた。「エルキュール・ヴァーグナー学長も。ウィンクしただけでしたけれど」

「ウィンクね」ジョルジェットが繰り返した。

「そんな」オーギュストがうなった。

「お黙り」とマダム・ビーラーが怒鳴りつけた。それがあまりにも激しかったもので、もやもやとした毛の生えた脚をしたオーギュストはストーブの向こうに身を隠した。「あんたが口をはさむようなことじゃないのよ。男の話題じゃないんだから！　さてそれで、あなたはかわいいクロエとすぐにでも結婚するつもりなんでしょうね」彼女は改めてアルヒロコスの方に向き直って言い、カンパリを飲み干した。

「なるべく早く」

「賢いやり方だわ。女性を相手にする時は行動あるのみ。特にクロエという名前の人を相手にする時にはね。それで、お相手のギリシア人とはどこで暮らすつもりなの？」

わかりません、と、アルヒロコスはアップルムースとパスタをつつきながら、途方に暮れてため息をついた。「今の屋根裏部屋にはもちろんもう住めません。水を流す音がうるさいし、空気も悪いですから。とりあえず、どこかの安宿を探すしかないかも」

「まあ、とんでもない、ムッシュ・アルノルフ」ジョルジェットは笑った。「あなたほどお金を稼ぐ男の人が。リッツにしなさいよ。あなたにふさわしいのはあそこですよ。この瞬間からあなたにはこの店でもこれまでの二倍のお金を払っていただきます。常務からは搾り取らないと。それ以外の役には立たないんだから」

そう言って彼女は自分が飲むカンパリを注いだ。

アルヒロコスが去った後、〈シェ・オーギュスト〉はしばらく静かだった。マダム・ビーラーはグラスを洗い、夫はストーブの後ろにじっと座っていた。

「ああいう女」オーギュストがついに口を開き、ひょろ長い脚をさすった。「ツール・ド・フランスで二位になった時には、おれだってああいう女を手に入れることができたんだ。毛皮を着て、高い香水をつけて、ある社長と関係していた。ツンフトのお偉いさんで、ベルギーに炭鉱を持っていた。今頃はおれだって、ひょっとしたらどこかの部門の常務になっていたかも」

「ばかなことを言うんじゃないわよ」ジョルジェットは言って、手を拭いた。「あんたは上流階級の人間になるために生まれたんじゃないわ。ああいう女の人はあんたなんかとは結婚しないものなの。あんたには触発されるものがないもの。アルヒロコスは幸運に恵まれた人なのよ。私はいつもそう感じていた。それにギリシア人だし。彼がこれからどういう風になっていくか、見てごらんなさい。彼はまだまだ化けるわよ。びっくりするくらいに。あの女の人はすばらしいわ。彼女が商売から足を洗おうとするのは、ごく当然のことよ。結局のところ、長く続けるには辛いものだし、いつも快適ってわけにはいかないもの。あの種の女たちはみんなそうしようとするわ。

私もそうだった。もちろん、たいていはうまくいかなくて、落ちぶれてしまうけれど。お説教のとおりにね。中には、むき出しの脚と黄色いサイクルウェアのオーギュストのところにたどり着く者もいて――まあ《エー》、いいわ《ビャン》、今のことを思えば、私は満足しているもの。それに、私は社長と関係したことなんてなかったし。そういう職業上の才能みたいなものが私にはなかったのよ。私のところに出入りするのは小市民層で、税務署の職員とか、そういう人たちだった。一度だけ貴族と二週間ばかり一緒だったことがあるわ。ドードー・フォン・マルヒェルン伯爵。その家系の最後のひとりだった。もうとっくに死んじゃってるけど。でも、クロエにはできるでしょう。彼女にはアルヒロコスがいる。きっといいことになるわ」

12

その間にアルヒロコスはタクシーに乗って世界銀行に行き、それからケ・ドゥ・レタにある旅行会社に行った。彼は広い空間に足を踏み入れた。壁に地図や色とりどりのポスターが貼ってあった。「スイスへ出かけよう。太陽の輝く南国がきみを待っている。エール・フランスでリオへ。緑のアイルランド」礼儀正しい、なめらかな肌の社員たち。タイプライターの響き。蛍光灯。聞きなれない言葉をしゃべる外国人。

ギリシアに行きたいんです、とアルヒロコスは言った。ケルキラ島に、ペロポネソス半島に、アテネに。

申し訳ないのですが、うちは石炭運搬船での旅行は扱っておりません、と対応してくれた顧客係が言った。

いや、ユーリア号で行きたいのですが、とアルヒロコスは言った。自分と妻のために、豪華客室を予約したいのです。

顧客係は時刻表を調べて、スペイン人のヒモ（ドン・ルイーズ）に列車情報を伝えた。しばらくしてからようやく、ユーリア号はもう満員です、と言って、カイロから来たビジネスマンの方に向いた。

アルヒロコスは旅行代理店を出て、待たせていたタクシーに乗った。それからしばらく考えた末、この町でいちばん腕のいい仕立屋は誰かと運転手に尋ねた。

運転手は不思議そうに答えた。「ビキニ通りのオニール・パッペラーとサン・オノレ通りのヴァッティですよ」

「いちばんいい散髪屋は？」

「ケ・オッフェンバックのホセです」

「いちばんいい帽子屋は？」

「ゴーシェンバウアー」

「いちばんいい手袋が買える店は？」

「ドゥ・シュトゥッツ・カルバーマッテンでしょう」

「よろしい」とアルヒロコスは言った。「それらの店に行ってくれ」。こうして彼らは、ビキニ通りのオニール・パッペラーとサン・オノレ通りのヴァッティ、ケ・オッフェンバックのホセに行き、ドゥ・シュトゥッツ・カルバーマッテンで手袋を、ゴーシェンバウアーで帽子を買った。彼は何千という手にいじくり回され、測られ、清潔にされ、切られ、こすられた結果、見る見るうちに変身し、タクシーに乗り込むたびにますますエレガントになり、どんどんいい匂いをさせるようになっていった。ゴーシェンバウアーに行った後、シルバーグレーのアンソニー・イーデン・ハットを頭に載せて、午後の遅い時刻に再びケ・ドゥ・レタにある旅行会社に向かった。

ユーリア号のツインの豪華客室を予約したいのですが、と彼は前と同じ声でシルバーグレーのイーデン・ハットをガラスびんの上に載せながら、前に彼を追い返した顧客係に向かって言った。顧客係はすぐに申込書に記入し始めた。「ユーリア号は今度の金曜日に出発いたします。ケルキラ、ペロポネソス、アテネ、ロドス、サモスに参ります」と彼は言った。「お名前を頂戴できますでしょうか？」

アルノルフが切符を二枚買い、代理店を離れた後、顧客係はスペイン人のヒモの方に向き直った。ヒモはまだその辺をうろついて旅行パンフレットをぱらぱらめくりながら、時々やって来るご婦人方の訪問を受けていたのである。ご婦人方は（同じようにパンフレットを見ながら）ヒモの上品でほっそりした手に紙幣を滑り込ませていたのだった。

「とんでもないスキャンダルですよ、セニョール」と顧客係は不快感をあらわにしてスペイン語で言った（夜間学校の成果だった）。「道路清掃人だか煙突掃除だかがやってきて、ユーリア号の切符を二枚くれと言う。でも、ユーリア号は本当に貴族か最上流の人たちだけのものなんですよ（彼はドン・ルイーズの前でおじぎをした）。次のクルーズにはヘッセンのプリンスも乗るし、ウィーマン夫妻やソフィア・ローレンも乗ることになっている――それで奴さんのことは、人道的な立場から丁寧にお断わり申し上げた。そうでないと物笑いの種になるでしょうからね。すると奴さん、厚かましくも、イギリス貴族のようななりをして、どこかの成金社長のような格好で舞い戻って来やがった。それで、切符を渡さなければならなくなったというわけですよ――資本に抗《あらが》うことはできませんからね。あんな悪党がキャリアを積むのに三時間しかかからなかった。きっと銀行強盗か強姦か強盗殺人でもやっちまったか、あるいは政治の世界に足を踏み入れたんでしょうよ」

「まったく頭にくるよな」とドン・ルイーズはそれにスペイン語で答えた（やはり夜間学校の成果だった）。

アルヒロコスの方はと言えば、もう日が暮れて明かりのともった町をタクシーに乗って新橋を渡り、キュネッケ大通りの方へ移動していた。〈最後から二番目のキリスト者の旧新長老会派〉の司教の家に行くつもりだった。ところが、ヴィクトリア様式の小ぶりな屋敷の前にはビビが立っていた。ビビはでこぼこになった帽子にボロボロの服というでたちで汚らしく、歩道の縁石の上に座っていた。彼は安酒の匂いをぷんぷんさせ、街灯にもたれて、側溝に落ちていた新聞を読んでいた。

「おい、その格好はいったいどうしたんだい、アルノルフ兄貴？」彼はそう尋ねて歯の隙間からピューッと音を立て、舌をピチャピチャと鳴らしてから手ではなをかみ、汚れた新聞を丁寧にたたんだ。「その服はいったいどうしたんだよ？　立派なもんだぜ」

「常務になったんだ」とアルノルフは言った。

「そりゃ、すげえな」

「お前ががんばると約束してくれるなら、分娩鉗子部《ぶんべんかんしぶ》の経理係にしてやろう。物事にはやはり秩序ってものが必要だからな」

「いやだよ、アルノルフ、おれは性格的に会社向きじゃないんだ。二千フランくれないか？」

「今度はいったいどうしたんだ？」

「ゴットリープがファサードから落ちたんだ。腕を折っちまってよ」

「どこのファサード？」

「プティ・ペイザンの」

アルヒロコスは怒った。生まれて初めてのことだった。

「ゴットリープはプティ・ペイザンのところに忍び込んじゃいけない」彼はびっくりしている弟を怒鳴りつけた。「どこの家にも忍び込んじゃいけないんだ。プティ・ペイザンはぼくの恩人だ。創造的社会主義の精神で、プティ・ペイザンはぼくを常務にしてくれた。それなのにお前はぼくに金をせびる。その金は結局のところ、プティ・ペイザンからもらったものだというのに」

「二度とこんなことにはならないよ、アルノルフ兄貴」とビビは威厳をもって答えた。「ちょっとした練習だったんだよ。ゴットリープにしても、ちょっとした計算違いだったのさ。本当はチリ大使のところで銭を探すつもりだったんだ。あそこならファサードももっと快適にできてるし。でも番地を間違えちまった。まだ無邪気なガキなんだよ。で、金をくれるのかい？」そう言って、からっぽの手のひらを見せた。

「だめだ」とアルヒロコスは言った。「そんな悪事に手を貸すわけにはいかない。ぼくはこれから司教に用事があるんだ」

「待ってるよ、アルノルフ兄貴」とビビはまったく動じた様子も見せずに言い、改めて新聞を広げた。「世界の出来事に思いを馳せなきゃならないんでね」

13

太って赤ら顔のモーザー司教は、硬くて白いカラーのついた黒い祭服を着て、書斎でアルヒロコスを迎えた。それは小さくて天井の高い、煙草の煙がもうもうと立ち込めた部屋で、明かりは小さなランプがひとつついているだけだった。聖俗両方の本にぐるりと取り囲まれ、天井まで高く伸びた窓にはずっしりとしたカーテンが掛かっていた。窓からは街灯の光が差し込んでいたが、その街灯の下で弟のビビが待っているのだった。

訪問客は自己紹介した。もともとは経理係なのだが、今日プティ・ペイザン機械工場原子砲部および分娩鉗子《ぶんべんかんし》部《ぶ》担当の常務になった、と言った。

モーザー司教は満足そうな様子でアルヒロコスを眺めた。

「わかっていますよ、あなた」と彼はささやくような声で言った。「エロイーズ礼拝堂のテュルカー牧師の礼拝にいつも来ておられますよね？　私も少しは旧新長老会派の我らが愛する教区民のことは知っていますよ。ようこそいらっしゃいました」

司教は常務の手を力強く握った。

「どうぞおかけください」と彼は言って、座り心地のよさそうな肘掛け椅子を指してから、自分は書き物机に向かって腰を下ろした。

「ありがとうございます」とアルヒロコスは言った。

「心中を洗いざらいお話しになる前に、私の方から申し上げてもよろしいですかな」と司教はささやき声で言った。「葉巻はいかがですか？」

「いいえ、煙草は吸いません」

「ワインはいかが？　それとも火酒の方がよろしいですか？」

「お酒は飲みません」

「私が葉巻を吸うのはお許しいただけますか？　ダンネマンを吸いながらだと気持ちよく話せるし、人間同士として打ち明け話もできますからね。ルターはしっかり罪を犯せ、と言いましたが、私に言わせると、しっかり煙草を吸え、ということになりますね。それに付け加えるなら、しっかり飲め、とも。私がお酒を飲むのはお許しいただけますでしょう？」

彼は、本の後ろに隠してあった古いびんの火酒を小さなグラスに注いだ。

「もちろんです」とアルヒロコスはいくらか動揺して言った。司教がずっと信じてきたとおりの理想像とは少し違っているのが残念だったのである。

モーザー司教はダンネマンに火をつけた。

「ねえ、兄弟。そうお呼びしても構わないでしょうね。あなたと一度おしゃべりするのがかねてより私の心からの願いだったのですよ（ここでダンネマンの最初の煙を吐き出した）。ですがね、司教にはやるべきことが何と多いか。老人ホームを訪問しなければならないかと思うと、青少年向けのキャンプの企画もしないといけない。堕落した少女たちをキリスト教関係の施設に送り込み、日曜学校や受堅資格者のための教理授業にインスピレーションを与え、試験をし、新長老会派を攻撃し、説教者たちの指導をしないといけない。大小さまざま、やらないといけないことがたくさんありすぎて、正しい行ないが何もできないんですよ。うちのテュルカーがいつもあなたの話をしていました。あなたは礼拝を休んだことが一度もないし、うちの教会のためにめったにないすばらしい熱意を見せてくれると」

礼拝には、心からそうしたいと思って参加しているんです、とアルヒロコスは飾り気のない言葉で言った。

モーザー司教は小さなグラスに二杯目を注いだ。

「そうでしょうとも。私はそれを聞いていつもとてもうれしく思っていたのですよ。さてそれで、世界教会協議会の旧新長老会派代表が二カ月前に天に召されたのですが、しばらく前から私は、この名誉職につくのにふさわしいのはまさにあなたではないかと考えていたところなのです。常務としてのあなたのお仕事ともちょうどつり合いがとれますしね――原子砲部のことはあまり表に出さない方がいいでしょうが――厳しくて、不愉快なことも多い人生の闘いの真っただ中にしっかりと両足で立っている男というものが、我々には必要ですからね、アルヒロコスさん」

「ですが、司教様……」

「引き受けてくださるでしょうね？」

「こんな名誉なこと、夢にも思っていませんでした……」

「それでは世界教会協議会の議員に推薦してもよろしいですね？」

「もし、どうしてもとおっしゃるなら……」

「わざわざ隠し立てする必要もないと思うのですが、世界教会協議会はいつも私の提案に喜んで従ってくれるんですよ。従いすぎると言ってもいいくらいで。それで、エゴイスティックな最高指導者だという評判をたてられてしまうこともしばしばなんです。世界教会協議会のメンバーはみんなもちろん感じのいい、善良なキリスト教徒だということは、私も認めますよ。で、私が組織に関する事務的な仕事を肩代わりしてやり、何かと彼らのことを配慮してやると、みんな喜ぶんです。残念ながらいつでも誰でもできるような仕事ではないし、世界教会協議会の仕事でもありませんからね。あなたが候補者として赴くことになる会議は、シドニーで開かれます。五月に。こういう小旅行は神様のお恵みのようなものですよ。行き先の国と人のことを知ることができるし、目新しい風俗や習慣にも触れられるし、ここことは違う地域で人間が抱えている困難や問題を知ることもできますからね。旅費はもちろん旧新長老会派教会が負担します」

「恐縮です」

「私の方からお願いしたいことは以上です」と司教はささやき声で言った。「それでは、あなたのお話を伺いましょうか。男同士だから言うのですけれどもね、常務さん、ここへおいでになった理由はもうわかっていますよ。あなたは結婚なさるおつもりなんでしょう。いとしい女性と結ばれたいと思っていらっしゃるんですよね。昨日、火葬場と国立博物館の間でお見かけして、ご挨拶もしましたよね。あの後すぐに陰気な脇道に逃げ込んだ格好になってしまいましたが、あそこにもう死にかけた病気のおばあさんがいて、その人のことが気にかかっていたものですから――敬虔主義の一派〈国のうちに穏やかに住む者〉の人です」

「そうでしたか、司教様」

「私の予想は当たっていましたかな？」

「はい」

モーザー司教は前に広げていたギリシア語の聖書を閉じた。

「小粋な女性でしたね」と彼は言った。「幸運をお祈りしますよ。結婚式はいつがいいですか？」

「明日です。もしできれば、エロイーズ礼拝堂がいいのですが――で、もし司教様が式を執り行なってくださったら、とてもうれしいのですけれど」

司教はなんとなく当惑した様子だった。

「それは本来なら牧師がすべき仕事です」と彼は言った。「テュルカー牧師は結婚式を執り行なうのがすごくうまいですよ。とてもいい音の出るオルガンもありますし」

「例外的に司教様にお願いしたいのです」とアルヒロコスは食い下がった。「私も世界教会協議会の議員になることですし」

「ふむ。法律的な手続きは問題ないんですね？」司教は尋ねた。何かが司教にとっては明らかに気まずいようだった。

「メートル・デュトールにお願いしようと思っています」

「それならいいでしょう」司教はようやく承諾した。「それでは明日、エロイーズ礼拝堂で、午後三時ということでいかがでしょう。花嫁のお名前と、どういう方かをお伺いできますか?」

司教は必要な情報をメモした。

「司教様」とアルヒロコスは言った。「私が結婚しようとしていることは、おそらく司教様にお時間をとっていただくのに充分な理由になるとは思うのですが、それでも、失礼ながら最も重要な理由というわけではないんです。こんなことを申し上げるのはとんでもないことなのかもしれないのですが。というのも、ひとりの女性と一生のあいだ一緒にいるという義務を果たすこと以上に重要なことというのはそうそうないはずだからです。けれども今の私にはもっと重要なことがあって、それが重く心にのしかかっているのです」

「話してごらんなさい、常務さん」と司教はやさしく答えた。「勇気を出して。心の憂いを払いのけておしまいなさい。それが人間的な悩みであろうと、あまりにも人間的な悩みであろうと」

「司教様」アルヒロコスは気おくれしながら言って、肘掛け椅子の上でまっすぐに座り直し、足を組んだ。「変な話をするかもしれませんが、お許しください。今朝、私は今とはまったく違う服を着ていました。正直言って、冴えない格好をしていたんです。日曜日に司教様とお会いした時に来ていたスーツは堅信礼の時のものだったのに、今は急にオニール・パッペラーとヴァッティの高い服を着ています。とても気まずい思いなんです、司教様。司教様はきっと、私はその誘惑の虜になっているとお考えになっているに違いありません。テュルカー牧師がいつもそういう言い方をなさっていますけれども」

「いや、その反対ですよ」と高位聖職者はにっこりして言った。「感じのいい外見や好ましい服装はほめるべきものです。特に今の時代、きちんとした服装をするのは大切なことです。無神論哲学を信奉する特定の人々のもとでは、目立ってラフな、ほとんど浮浪者同然と言っていいような格好をして、ズボンの上に色物のシャツを着たりとか、そういうとんでもない服装をするのが流行《はや》っていますからね。まともな服装とキリスト教精神はたがいに排除し合うものではありません」

「司教様」アルヒロコスは少し元気になって続けた。「突然幸運が次から次へと降りかかってくると、キリスト教徒としては不安な気持ちになっても仕方ないのではないかと思うのですが。まるでヨブのような気がしてくるのですけれども、ヨブの場合は息子や娘を失い、貧困とひどい皮膚病に侵されるという不幸を自分の罪の結果だとみなすことができたので、そう考えることでいっそう自分を慰めることができたのです。けれども、その反対のことが起きた場合、つまり幸運な出来事が次々と起きた場合は、不安になる理由があると思うのです。というのも、まったく説明がつかないからです。いったいどこに、これらすべてのことを受け取るのにふさわしい人間がいるでしょうか?」

「ねえ、アルヒロコスさん」と司教はにっこりして言った。「創造というものは、そのような場合が一度でもあるかないかという形で行なわれたのですよ。被造物は呻いている、とパウロが言っているように、私たちもみな、度重なる不幸のために呻いています。が、それを私たちはあまりにも悲劇的に受け止める必要はないし、ヨブの言うような意味で受け止めた方がいいのです。そのことはもう、あなた自身がおっしゃいましたけれどもね。まるでテュルカー牧師みたいにね。あなたがさっきおっしゃったような場合、つまり考えうる限りの幸運が積み重なるというような場合は、おそらくなかなか起きないでしょうし、見つけ出すこともできないでしょうよ」

「私がそういう場合なのです」とアルヒロコスは言った。

書斎は静かで、だんだん暗くなっていった。外は日がすっかり暮れ、夜の闇が訪れた。通りからはもうほとんど何の物音も聞こえず、たまに通り過ぎる自動車のブーンという音や、次第に遠ざかる歩行者の足音がするくらいだった。

「私に次々と幸運な出来事が降りかかってくるのです」かつて経理係だった男は、小さな声で続けた。彼は非の打ちどころのないスーツに身を包み、ボタンホールに菊の花を挿していた（シルバーグレーのイーデン・ハットと真っ白な手袋とエレガントな毛皮のコートはクロークに預けてあった）。「『ル・ソワール』紙に出した結婚広告にとても魅力的な若い女性が反応してくれて、彼女は私に一目惚れし、私も彼女に一目惚れしました。すべてがまるで安っぽい映画みたいに進行して、そのことを口にするのも恥ずかしいくらいです。彼女と一緒に町を歩いていると、みんなが私に挨拶をしてくれるんです。大統領も、司教様も、ありとあらゆる重要人物たちが。そして今日は世俗の世界でも宗教的な世界でも信じられないような出世を果たしました。私はゼロから、吹けば飛ぶような経理係の立場から常務に昇進し、世界教会協議会の議員にもなったのです——こんなこと、どうにもこうにも説明がつかないし、私はものすごく不安な気持ちです」

しばらくの間、司教は何も言わなかった。彼は突然年老いて陰気になったように見えた。うつろな眼でぼんやり前を見つめ、ダンネマンも灰皿の上に置いてしまった。葉巻はそのまま冷えていった。

「アルヒロコスさん」と、ようやく司教が口を開いた時、彼はもうささやき声ではなく、一変してしっかりした声になっていた。「アルヒロコスさん、あなたがこの静かな夜、私とふたりきりになった時におっしゃったことは、もちろん奇妙だし、通常は起きないことです。いったいどかわかりません。一体どんな原因がその根底に潜んでいるのかという点に関して、私の思うに、この私たちにはよくわからない原因が重要だったり決定的だったりするのではありません（ここで彼の声は震え、しばらくの間またささやき声になった）。そのような原因は人間界にあるのだし、人間界では私たちはみんな罪人なのですから。そうではなくて、重要なのはこれらすべてが何を意味しているのか、ということなのです。あなたが恩寵を受けた人間であり、あなたにその恩寵のしるしがこの上なくはっきりと積み重なっているということなのです。がんばっているのは今や経理係アルヒロコスではなく、常務であり世界教会協議会議員であるアルヒロコスなのです。これから問題になるのは、あなたがその恩寵にふさわしい人間であるかどうかを証明することなのです。この出来事を謙虚に我が身に引き受けなさい。もしもそれが不幸な出来事であったならきっとあなたが引き受けたように。私があなたに申し上げることができるのは、これがすべてです。ひょっとしたらあなたはこれから幸運の道という、非常に困難な道を歩むことになるのかもしれない。幸運の道を歩むという課題はたいていの人間には課されていません。というのも、私たちが普通この世で歩むのは不幸の道なので、人々は不幸の道の歩き方は知っていても幸運の道の歩き方は知らないからです。それでは、ごきげんよう（と言いながら、司教は立ち上がった）、明日エロイーズ礼拝堂でまたお会いしましょう。その時までにはもっとたくさんのことが明らかになっているでしょう。そして、私にできるのは、今後あなたに何が起こるかについて申し上げた私の言葉を、あなたが忘れないように祈ることだけです」

14

煙草の煙がもうもうと立ち込め、古典や聖書が壁にずらりと並び、書き物机が置いてあり、ずっしりしたカーテンのかかった部屋でモーザー司教と話をした後、その窓の下で新聞（『ル・ソワール』）を読みながら待っていた弟のビビにお金を渡してやり、世界教会協議会議員アルヒロコスはできればすぐにでもクロエの働くサン・ペール大通りに行きたいと思った。けれども、ギヨーム広場にあるイエズス教会の鐘がまだ六時を打ったばかりだったので、彼は約束どおり八時まで待つことにした。こんな風にしてクロエがメイドとして二時間も余計に働かないといけないと思うと、心が痛んだ。彼はもう今日のうちにでも彼女と一緒にリッツに引っ越そうと決心し、そのための手筈を整えた。つまり、部屋をふたつ予約したのである。ひとつは二階、ひとつは六階の部屋だったが、それはクロエを困惑させないためでもあり、世界教会協議会議員として誤解を生まないためでもあった。それからメートル・デュトールに会おうとしたが、うまくいかなかった。弁護士であり公証人でもあるメートル・デュトールはある家の引き渡しのために出かけておられます、とのことだった。それで約束の時間までまだ一時間三十分もあった。彼はクロエに会う準備をしようと花を買い、相応のレストランを予約した。世界保健機構の向かいにある馴染みのノンアルコール・レストランには行きたくなかった。〈シェ・オーギュスト〉も問題外だった。このエレガントな服装のためにもうあの店には行けなくなってしまった、と彼は密かな痛みとともに感じていた。オニール・パッペラーのスーツを着てムッシュ・ビーラーのマイヨ・ジョーヌの隣に座ったら、いったい何を話せばいいというのか。それで彼は、良心の呵責を覚えながらも、リッツで食事をすることにした。もちろんアルコールは抜きで。テーブルの予約をしてから、彼はなんだかいいことがありそうな気分でパサップの展覧会に立ち寄った。リッツの真向かいにあるナーデルエア画廊で開催されているのをたまたま見かけたのだが、とても人気があったので、夜でもやっていたのである。そこにはパサップの最新作が何枚か展示されていた（六十度の角と楕円と放物線だった）。アルヒロコスはアメリカ人女性たちやジャーナリストや画家たちに混じってそれらの絵を感激しながら熱心に鑑賞し、花束を手に（白いバラだった）明るい会場をぐるぐると回った。が、コバルトブルーとイエローオーカーに塗られた絵の前で、彼は驚いて立ち止まった。そこには楕円がふたつと放物線がひとつ描いてあるだけだったのだが、彼は花束を握りしめ、真っ赤になりながらその絵をじっと見つめた。それから突然、会場を飛び出した。パニック状態で汗びっしょりになり、悪寒に襲われていた。彼は大急ぎでタクシーに乗り込んだが、その前に、黒いタキシード姿で微笑みを浮かべ、もみ手をしながら受付の横に立っている画廊主のナーデルエアア氏に画家の住所を尋ねていた。それで美術商はコートも着ないで、すぐにアルヒロコスの後をやはりタクシーで追いかけた。アルヒロコスがこっそりと絵を買うつもりだと勘違いしたので、手数料をきっちり取るつもりだったのである。パサップは旧市街のフュネーブル通りに住んでいた。タクシーは（ナーデルエアア氏のタクシーにぴったり尾行されながら）そこへ行くのにフェーゲリ元帥通りを経由し、大変な苦労をすることになった。というのも、ファールクスの信奉者たちが集まって大規模デモを行なっていたからだ。彼らはアナーキスト・ファールクスの肖像を長い棒の上につけて掲げ、赤旗と「大統領をやめさせろ！」、「ルガノ協定阻止！」などと書かれた巨大な横断幕を手にしていた。どこかでファールクス自らも演説をしていた。耳を聾せんばかりの怒鳴り声や叫び声があたりを満たし、警笛がピーッと高く音を立て、馬の蹄《ひづめ》もパカパカ鳴った。警察がゴムの棍棒と放水車を使い始め、常務と美術商の乗ったタクシーも水を浴びてしまった。美術商は運悪く、おそらくは好奇心にかられたのだろう、ちょうど窓を開けていたところだった。まさにその時、運転手が悪態をつきながらハンドルを握る二台のタクシーはヴレナー・アンド・ポットの店の角を曲がった。舗装の悪い道路は急な上り坂になり、タクシーは老朽化した家屋や酒場のそばを通り過ぎた。娼婦たちがまるで黒い鳥のように群れをなしてうろつき回り、手を振ったり耳障りな声を出したりした。外はもうとても寒かったので、濡れた自動車はすっかり氷に覆われてしまっていた。照明の暗いフュネーブル通り四十三番の建物（そこにパサップが住んでいる）の前で、相変わらず白いバラを抱えたアルヒロコスが、きらきら光ってチリチリ音を立てるつららをぶら下げたおとぎ話に出てくるような車から降りてきて、運転手にここで待っているようにと言いつけた。路上にたむろしている少年たちがすぐに彼を取り囲み、彼のズボンにまとわりついた。アルヒロコスは意地の悪そうな酔っぱらった管理人の横を無理やり通り過ぎて、古くて高い建物の中へと入って行った。それから果てしない階段を上って行ったのだが、踏板がもうすっかり朽ちていたので、アルヒロコスは何度か踏み抜いて、宙ぶらりん状態で木製の手すりにしがみつくことになってしまった。彼は一階、一階と苦労して上って行った。痛む両手で支柱を握り、ほとんど真っ暗な中で古い扉をひとつひとつ確かめ、どこかにパサップの名前がないか探した。後ろからナーデルエアの息遣いが聞こえたが、アルヒロコスは彼のことなど眼中になかった。階段は凍てつくような寒さで、どこかで下手くそなピアノの音が鳴っていて、窓を開けたり閉めたりする音も聞こえてきた。ある扉の向こう側で女が金切り声を上げ、男がわめきちらしていた。みだらな乱痴気騒ぎのにおいがした。アルヒロコスはどんどん上の階に上って行き、再び板を踏み抜いて膝まで沈み込み、蜘蛛の巣にひっかかって額の上を大きな半分凍えた虫が這ったので、彼は腹立たしげにそれを払いのけた。ようやくのことで彼は――ヴァッティの毛皮のコートとオニール・パッペラーのすばらしいスーツが埃だらけになり、ズボンにかぎ裂きができたが、花束はまだ無事だった――屋根裏部屋に通じる細長くて急勾配の階段の先にガタついた扉があり、そこにパサップの名前が斜めに大きくチョークで書いてあるのを見つけた。彼はノックした。その二段ほど下、凍えるような寒さの中でナーデルエアが様子をうかがっていた。返事はなかった。アルヒロコスは二回、三回、四回とノックした。誰も答えなかった。世界教会協議会議員はドアの取っ手をぐっと下に押してみた。扉には鍵がかかっていなかった。彼は中に入った。

そこは非常に広い屋根裏部屋だった。ほとんど脱穀場と言ってもいいような空間で、さまざまな種類の床板が張られ、頭上には梁が縦横無尽に走っていた。至る所にアフリカの偶像が置いてあり、あちこちに積み重ねた絵や、何もはめていない額縁や、彫刻や、奇妙に歪んだワイヤーラックがあった。長すぎてグロテスクに曲がりくねった煙突のついた鉄製のストーブが燃え盛っていた。至る所にワインやウィスキーのびんや、つぶれたチューブや、絵の具の入った容器や筆がころがり、至る所に猫がいた。椅子の上には本が山と積まれ、床の上にも散らばっていた。部屋の真ん中にパサップが立っていた。塗装工の作業着を着ていた。もともとは白かったのだろうが、今は実にさまざまな色の染みがついていた。パサップはパレットナイフを手に、イーゼルに置かれた一枚の絵をいじくり回していた。楕円と放物線だった。彼の前の、ストーブに近いところには、太った若い女性がぐらぐらする椅子に座っていた。彼女は素っ裸で、長い金髪を垂らし、両腕をうなじの後ろで組んでいた。世界教会協議会議員は石のように固まった（裸の女性を見たのは初めてだったのだ）。ほとんど息すらできなかった。

「あんた、誰？」とパサップは尋ねた。

アルヒロコスは少し不思議に思いながら自己紹介した。日曜日にはこの画家は自分に挨拶してくれたのに。

「何の用ですかね？」

「あなたは私の婚約者のクロエを絵に描きましたね、しかも裸で」と、ギリシア人はやっとの思いで言った。

「いまナーデルエア画廊に展示されている『ヴィーナス、七月十一日』のことですね」

「そうです」

「服を着ろ」とパサップはモデルに怒鳴った。モデルはついたての向こうに姿を消した。パサップはそれからアルヒロコスのことをじっくりと注意深く観察した。口にくわえたパイプから立ちのぼる煙が、複雑に組まれた梁の間を渦巻いた。

「だから？」

「パサップさん」とアルヒロコスはこの上なく威厳をもって答えた。「私はあなたの芸術のファンです。あなたの活動をいつも感激しながら追いかけてきました。世界秩序のナンバー・フォーに位置付けてもいます」

「世界秩序？　いったいそれはどんな与太話なんですかね？」とパサップはパレットの上に新たな絵の具の山（コバルトブルーとイエローオーカー）を築きながら尋ねた。

「私は現代において最も称賛に値する人々のリストを作っているんです。私の道徳的なお手本となる人々のリストです」

「それで？」

「ねえ、パサップさん。私があなたのことをすばらしいと思い、称賛しているにしてもですよ、ひとつ説明をしていただかなければなりません。花婿が裸のヴィーナスとして描かれた花嫁を見るのはそんなに普通のことではないでしょう。問題になっているのが抽象画であるにしても、感性豊かな人が見れば対象が何なのかはわかります」

「たいしたもんだ」とパサップは言った。「評論家にはそんな能力はないですよ」

それから彼はアルヒロコスのことを改めてじっくり調べた。彼はアルヒロコスに近づき、まるで馬でも調べるように体にさわり、それからまた何歩か下がって、目を細めた。

「服を脱ぎなさい」と彼は言って、ウィスキーをグラスに注ぎ、それを飲んでから新しいパイプに煙草を詰めた。

「でも……」アルノルフは抵抗しようとした。

「でもじゃない」パサップはアルヒロコスを怒鳴りつけ、悪意のこもった小さな黒い刺すような目で見たので、アルヒロコスは黙るしかなかった。「あなたをアレスとして絵にしよう」

「アレスですって?」

「ギリシアの軍神ですよ」とパサップは説明した。「ちょうどいいモデルをもう何年も探していたんです。ヴィーナスの対になるようなモデルをね。あなたこそそのモデルです。典型的な暴君で、騒々しい戦いが大好きで、大虐殺の仕掛け人。ギリシア人ですか?」

「そうです。でも……」

「やっぱり」

「パサップさん」やっとのことでアルヒロコスは説明を始めた。「何か勘違いをなさっているようです。私は暴君ではありませんし、大虐殺の仕掛け人でも騒々しい戦いが大好きでもありません。私は平和を愛する人間です。旧新長老会派を代表する世界教会協議会議員で、酒も煙草も一切やりません。しかもベジタリアンです」

「ばかばかしい」とパサップは言った。「職業は何ですか？」

「常務です、原子砲部と……」

「ほらごらんなさい」とパサップが口をはさんだ。「やっぱり軍神だ。それに暴君だし。あなたはこれまで自分を抑圧してきただけで、まだ本来の生き方をしていないんですよ。あなたは生まれつきの酒豪で、好色でもある。これまで出会った中で最もすばらしいアレスですよ。とにかくお脱ぎなさい、さっさと急いで。私がすべきなのは絵を描くことであって、おしゃべりではありません」

「さっきまで絵のモデルになっていたお嬢さんがまだこの部屋におられるうちはだめです」アルヒロコスは抗議した。

「出て行きなさい、カトリーヌ。恥ずかしいんだそうだ」と画家は大声を出した。「明日またおいで、太っちょさん！」

太った金髪の娘はもう服を着ており、さようならと言った。彼女が扉を開けると、そこにはナーデルエアが立っていた。彼は寒さのあまりガタガタ震えて、ほとんど凍りついていた。

「抗議します」とかすれ声で美術商は叫んだ。

「抗議します、パサップさん、約束したじゃないですか……」

「とっとと失せろ！」

「私は寒さで震えています」美術商は絶望して叫んだ。「私たちは約束したじゃないですか……」

「勝手に凍死すればいい」

娘は扉を閉めた。娘が階段を下りて行く足音が聞こえた。

「さあ」と画家はいらいらして言った。「まだズボンを脱いでいないんですか？」

「わかりました」と常務は答えて、服を脱いだ。「シャツも？」

「全部」

「花は？　花嫁へのプレゼントなんです」

「床の上に置いたらいい」

世界教会協議会議員は服をきちんと椅子の上に置き、ポンポンと叩いて埃を払った（苦労しながら階段を上ったせいでひどく埃だらけになっていたのである）。それからようやく裸になってそこに立った。

寒かった。

「椅子をストーブの近くに置きなさい」

「ですが……」

「椅子の上に立って、ボクサーのように構えてください。腕を六十度に曲げて」と、パサップは命令した。「まさにそんな風に私はいつも軍神のことをイメージしていたのですよ」

その椅子はとてもぐらぐらしたが、アルヒロコスは言われたとおりにした。

「脂肪がつきすぎている」と画家は、新たにウィスキーを注ぎながら腹立たしそうにうなった。「女性だったら太っていても許せる場合があるんですが。まあ、脂肪は無視してしまいましょう。大事なのは顔と胸だ。胸毛がたくさん生えているのはいい。特に好戦的に見えますから。腿もまだ大丈夫。でも、眼鏡ははずしてもらえませんか。せっかくのイメージが台無しだ」

そう言って彼は、六十度の角と楕円と放物線を描き始めた。

「あのう……」世界教会協議会議員は（ボクサーのポーズをとりながら）改めて口を開いた。

「私に説明をして……」

「黙って」と、パサップは怒鳴った。「この部屋でしゃべるのは私だけだ。あなたの花嫁を絵にしたのは、ごく当然の成り行きだったんです。すばらしい女性だ。彼女の乳房をあなたも知ることになるでしょう」

「あのう……」

「彼女の太腿やへそも」

「私はどうしても……」

「ちゃんとボクサーのポーズをとってください」と画家は声を荒らげて、イエローオーカーを厚く塗りつけ、さらにコバルトブルーを塗った。「あなたは花嫁の裸も見たことがないくせに、婚約なんかして」

「私の花を踏んづけていらっしゃいます。白いバラを」

「そんなの、どうだっていい。霊感のようなものだったんです。あなたの裸の花嫁のおかげで、私は退屈な自然主義者にも、新鮮で敬虔で楽しくて自由な[2]印象派にもならずに済んだんです。あれほどゴージャスな肉体、あのように息づいている肌を目の前にしているとね。腹をひっこめてくださいよ、まったくもう！　クロエほど神々しいモデルに出会ったことはありません。あのすばらしい背中、完璧な肩、まるで天の半球のようにふたつにぷっくり割れた、はちきれそうなお尻。あんなものを見たら、壮大な宇宙に思いを馳せてしまいますよ。長いこともう感じることのなかった絵を描く喜びを久々に感じましたね。普段は女性を描くのは全然好きじゃないんです。ときどき、さっきみたいな太った女性を描くくらいで。女性は芸術的には何も特別なものを与えてくれない。けれど、男性は違う。男性の場合は、古典的な理想像から離れているものこそがおもしろいんです。でも、クロエときたら！　彼女のもとではすべてがまだ楽園にあった時のような統一を保っている。脚も腕も首も、ごく自然に身体から生え出ていて、頭部もまだ女性らしい頭部だ。私は彫像も作りましたよ。ほら、これです！」

それはワイヤー製のぐちゃぐちゃした立体だった。

「ですが……」

「ボクサーのポーズをとって」パサップは世界教会協議会議員を叱りとばし、何度か後ろに下がって絵を確かめた。そして、楕円の形を修正した後でキャンバスをイーゼルからはずし、別の

2　ドイツで「体操の父」と呼ばれるフリードリヒ・ルートヴィヒ・ヤーン（一七七八－一八五二）のモットー。

キャンバスを固定した。

「それじゃあ」と彼は命令した。「今度は膝を折って。乱戦の後のアレス。もっと前に体を倒して。あなたをいつでもモデルにできるってわけじゃないんだから」

アルヒロコスはどうしていいかわからなくなり、ストーブの火で半分あぶられたようになりながら、それでも弱々しく抵抗した。

「お願いですから」と彼は言ったが、がたがた震えながら屋根裏部屋に入ってきたナーデルエアにさえぎられてしまった。彼はキーキー音を立てる動く氷のかたまりになっており、パサップが絵を一枚売ったに違いないと疑心暗鬼になっていた。

パサップは怒り狂った。

「出て行け！」と彼は叫んだ。美術商は改めて、階段の北極のような寒さの中に姿を消した。

「芸術が私の答えです」それからしばらくしてようやく、画家は口を開いた。ウィスキーを飲み、絵を描き、肩にのぼってきた猫をじゃらしていた。「そしてこの答えがあなたにとって充分なものかどうかは、私にはどうでもいい。私はあなたの裸の花嫁から何かを作り出した。比率と平面の分割とリズム、色、絵画的ポエジーの傑作、コバルトブルーとイエローオーカーの世界です！　それに対してあなたの方は、裸のクロエを意のままにできるようになったら、彼女からまったく別のものを作り出そうとしている。おそらくは赤ん坊を抱いたおかあちゃんでしょう。あなたは神によって作り出された傑作を台無しにするのです。ねえ、あなた、私は違う。私はその傑作を賛美し、絶対的なもの、究極的なもの、夢のようにすばらしいものへと高めるのです」

「もう八時十五分だ」アルヒロコスはぎょっとして叫んだ。それと同時に、画家の説明を聞いてほっとしてもいた。

「だから？」

「八時にクロエと待ち合わせしているんです」と、アルノルフはびくびくしながら言って、椅子から立ち上がろうとした。ゴロゴロのどを鳴らしている猫が彼にまとわりついた。「彼女は私のことをサン・ペール大通りで待っているんです」

「それじゃあもう少し待たせておきなさい。動かずにポーズをとったままで」とパサップは叫んだ。「あなたの恋愛沙汰よりも芸術の方が重要なんだから！」そして絵を描き続けた。

アルヒロコスは呻《うめ》き声を上げた。白い尻尾をしたグレーの猫が肩にのぼってきたので、爪が痛かったのだ。

「静かに」とパサップが命令した。「動かないで」

「でも猫が」

「猫は大丈夫です。でもあなたは大丈夫じゃない」と画家は怒った。「どうやったらそんなにでっぷりした腹になるんだ、しかもアルコール抜きで」

屋根裏部屋の扉のところにナーデルエアがまた姿を現わした（氷に覆われ、硬直していた）。完全に凍えきってしまった、と彼は嘆いた。その声はほとんど聞こえないくらいかすれていた。

「誰もあなたに扉の前でじっとしていろとは言ってませんよ。それにアトリエには入って来てほしくありません」とパサップは乱暴に言った。

「あなたは私を使って金儲けをしているじゃありませんか」と美術商はしわがれ声で言ってくしゃみをしたが、手をポケットから出さなかった。というのも、袖が凍ってズボンとくっついていたからだった。

「反対だろ、あんたが私を使って金儲けをしているんだ」画家はわめいた。「出て行け！」

美術商はまた出て行った。これで三度目だった。

アルヒロコスも、もう何も言おうとはしなかった。パサップはウィスキーを飲み、六十度の角と放物線と楕円を描き、イエローオーカーの上にコバルトを、コバルトの上にイエローオーカーを塗りたくった。三十分後、常務は服を着てもよいと言われた。

「ほら」とパサップは言って、ワイヤー彫像をアルヒロコスの腕に押し付けた。「夫婦のベッドの横に置くといい。私からの結婚祝いです。あなたの花嫁の容色が衰えても、これがあればどんなに美しかったか、思い出すことができるでしょう。あなたのポートレートのうちの一枚は、乾いた後で送ります。さあ、それではここから出て行ってもらいましょうか。世界教会協議会議員やら常務やらは、私には美術商よりもっと耐え難い。ギリシアの軍神のような容貌をしていて、ラッキーでしたね。そうでなければとっくの昔にあなたを叩き出していたでしょうよ。裸のままで。誓ってもいいですが」

15

アルヒロコスは一方の腕に白いバラの花束を、もう一方の腕に彼の裸の花嫁を表していることになっているワイヤー製の彫像を抱えて画家のもとを辞去した後、狭くて急な屋根裏の階段、というより梯子に近いものの上で美術商のナーデルエアに会った。美術商は鼻の下に氷のかたまりを作り、身を切るように冷たい隙間風で見るも哀れに凍えきって、壁際にぴったり身を寄せていた。

「やっぱりね」と、ほとんど聞き取れないほど小さな声で、まるで氷河の隙間からしゃべるようにして、凍りついた男は嘆いた。「そんなことだろうと思いました。あなたは作品を買っている。抗議します」

「結婚のお祝いにもらったんです」とアルノルフは説明して、用心深く階段を下り始めた。花束と彫像が邪魔だった。彼はここに来たのが無駄な冒険だったことに腹を立てていた。もう九時になろうとしていた。けれどもこの階段を急いで下りるのは不可能だった。

美術商は彼の後を追いかけた。

「恥ずべき行為ですよ」ナーデルエアの言葉を理解できる範囲で察するに、彼は文句を言っているようだった。「パサップにおっしゃっているのを聞いたのですが、世界教会協議会議員だそうですね。前代未聞です。そういう要職にありながらモデルになるなんて！　真っ裸で！」

「すみませんが、ちょっとこの彫像を持っていただけますか」しばらくしてアルヒロコスはやむにやまれず頼んだ（四階と五階の間で、いまだに女が金切り声を上げ、男がわめきちらしていた）。「ほんの一瞬だけ。階段を踏み抜いてしまったようなので」

「あり得ない」とナーデルエアはささやき声で言った。「手数料をもらうまではどんな彫像にも手は触れません」

「それじゃあ、花束の方を」

「それが無理なんです」と美術商は謝った。「袖が凍ってくっついてしまっているものですから」

彼らはようやく通りに出た。つららを下げたタクシーが銀色に光っていた。ラジエーターだけが氷におおわれていなかった。エンジンも大丈夫だった。車の中は寒かった。暖房の調子が悪くて、と凍えた運転手が言った。

「サン・ペール大通り十二番」とアルヒロコスは言った。もうすぐ花嫁に会えると思うとうれしかった。

まさに車が動き出そうとしたその時、美術商が窓ガラスをコンコンと叩いた。

「私も乗せてもらえませんか」アルノルフが窓ガラスを下げて、ほのかに光る人影の方に身を乗り出した時、氷のかたまりから不明瞭に聞き取れたせりふがこれだった。もう一歩も動けないし、旧市街ではタクシーはめったにつかまらないし。

「冗談じゃない」とアルヒロコスは言った。自分は大急ぎでサン・ペール大通りに行かないといけないんです。ここであまりにも手間取ってしまいましたから。

「キリスト教徒で世界教会協議会議員でもあるあなたが、私を見捨てることはできないはずだ」とナーデルエアは怒って言った。「もう凍って歩道にくっつき始めている」

「乗って」とアルヒロコスは言って、タクシーのドアを開けた。

「外よりも少し暖かい気がする」ようやくアルヒロコスの隣の席に落ち着いた美術商は言った。「うまく解凍できるといいけれど」

しかし、彼らの乗った車がサン・ペール大通りに入ってもまだ、ナーデルエアは凍りついたままだった。彼もここで車から降りなければならなかった。運転手が河岸には戻りたくないと言ったからだった。運転手も寒さをたっぷりと味わっていたので、すぐにそこから走り去って行った。それで、アルヒロコスとナーデルエアはふたり揃って、ふたつの巨大な石造りの土台の上にある、翼をもった幼児やイルカのついた鉄柵の扉の前に立つことになった。そこに取り付けてある赤いランプは今では消えていた。アルヒロコスが昔風の装置を引っぱったが、誰も出てこなかった。通りには人っ子ひとりいなかった。遠くから抗議デモをしているファールクス信奉者たちの騒ぐ音や叫び声が聞こえてくるだけだった。

「ねえ」と、花束とワイヤー製の彫像を抱えたアルヒロコスは、遅刻したことで気をもみながら言った。「もうここでお別れしますよ」

彼は意を決して鉄柵の扉を開けた。すると、ナーデルエアもくっついて中庭に入ってきた。

いったいまだ何の用があるんですか。凍りついた美術商を振り切ることができなくて腹を立てたアルノルフは尋ねた。電話でタクシーを呼ばなくちゃいけないんです、と画廊主は答えた。

「ここに住んでいる人たちのことはほとんど知らない――」

「でも、あなたは世界教会協議会の議員でしょう――」

「わかりました」とアルヒロコスは言った。「じゃあ一緒に来て――」情け容赦のない寒さだった。美術商は足を踏み出すたびに、鉄琴のような音を立てた。樅の木と楡の木はそよとも動かず、空には大きな星がいくつも赤や黄色にきらめき、天の川が銀色の帯となって見えた。木々の幹の間から、屋敷の窓がくすんだ金色の光を放っていた。近づくにつれて、屋敷はロココ様式の城だということがわかってきた。いくらか装飾が施され、ほっそりした柱がいくつもあって、それらのすべてに野生種のぶどうの枝がからまりついているのが、よく晴れた夜なのでくっきりと見えた。玄関に通じる階段はゆるやかにカーブを描いていた。玄関には明るい照明がついていて、表札は出ていなかった。重たそうなベルが下がっていたが、ここでも誰も出てこなかった。

この寒さの中にあと一分でもいたら凍死してしまいます、と美術商は嘆いた。

アルヒロコスはドアの取っ手をぐっと下に押した。ドアには鍵がかかっていなかった。ちょっと様子を見てきます、と彼は言った。

ナーデルエアもついてきた。

「気でも狂ったんですか?」とアルヒロコスは強い口調で言った。

「外の寒さの中では……」

「この家のことは知らないんですよ」

「キリスト教徒でしょう……」

「じゃあ、ここで待っていてください」とアルノルフは命令した。

彼らは玄関ホールに入った。プティ・ペイザンのところのインテリアを思い出させる家具、花、小さな鏡。どこもかしこも快適な暖かさだった。美術商はすぐに解け始めて、周りに小さな水の流れができた。

「絨毯の上に立たないで」と世界教会協議会議員は厳しく言ったが、ポタポタしずくを垂らしている美術商の目つきにちょっとひるんだ。

「わかりました」と美術商は言って、傘立ての横に立った。「すぐに電話をかけさせてもらえるとありがたいのですが」

「ここの家の主にお伝えしましょう」

「できるだけ早く」

「ちょっと彫像を持っていてください」とアルヒロコスは言った。

「手数料をくれないとだめです」

アルノルフは彫像を美術商の横に置き、ドアをひとつ開けてみた。中をのぞくとそこには小さなサロンがあって、ソファーと小さなティーテーブルと小型のチェンバロ、それに華奢な肘掛け椅子が置いてあった。彼は咳払いをした。サロンには誰もいなかったが、両開きの扉の向こうで人の足音がした。ミスター・ウィーマンに違いない。彼はサロンを横切り、扉をノックした。

「お入り！」

アルノルフが驚いたことに、そこにいたのはメートル・デュトールだった。

16

メートル・デュトールは小柄な、よく動き回る男で、黒い口髭を生やし、白髪を芸術家のような長髪にしていた。彼は大きくて美しい机のそばに立っていた。背の高い金色の鏡をはめた部屋は、まるでクリスマスツリーのようにたくさんのキャンドルをつけて光り輝くシャンデリアで明るく照らし出されていた。

「お待ちしていました、アルヒロコスさん」とメートル・デュトールは会釈をしながら言った。「どうぞお座りください」

彼は世界教会協議会議員に向かって肘掛け椅子を指し示し、向かい合わせになるように腰かけた。机の上には書類が広げられていた。

どうもよくわかりませんが、とアルヒロコスは言った。

「ねえ、常務さん」弁護士はにっこりして言った。「この家をあなたに贈り物として差し上げることができて、私はうれしいのですよ。この家は何の抵当にも入っていませんし、とてもよく手入れされています。一カ所だけ、西側の屋根をちょっと修理しないといけませんけれどもね」

どうもよくわかりません、とアルヒロコスは言った。驚いてはいたが、次々と身に降りかかる幸運な出来事によっていくらか鍛えられ、慣れてきてもいた。「説明していただきたいのですが……」

「この家のこれまでの持ち主は、名乗りを上げたくないとおっしゃっています」

わかっています、ミスター・ウィーマンですよね、とアルノルフは言った。あの有名な考古学者で、古代ギリシアの遺産を発掘している人ですよね。貴重な立像や金の柱が建ち並ぶ、すっかり苔におおわれてしまった古い寺院とか。

メートル・デュトールはびっくりして、アルヒロコスを不思議そうに見つめ、頭を振った。お教えすることはできないんです、と、ようやく彼は口を開いて言った。これまでの持ち主は、家がギリシア人の手に渡ることを望んでおり、アルヒロコスがこの条件を満たす方であることを知って喜んでおられます。腐敗と不道徳が横行するこの時代、と彼は続けた。非常に不自然な犯罪がごく自然なものに思われるこの時代にあっては、どんな法の思想も崩壊し、だれもが原始時代の粗野なげんこつのルールに訴えようとする。そういう時代において法律家は、秩序や正義を求める自分の努力に希望が持てなくなってしまいます。もしも時々、純粋な隣人愛から発する行為が準備され、実行されるのでなければ。今まさに行なわれようとしているこの小さな城の譲渡がそういう行為なんですけれどもね。書類はもうできています。常務さんはそれにざっと目を通して、下に署名すればいいんです。国が求めている税金は――モレク神[3]は生贄を要求するものですからね――もう支払われています。

「ありがとうございます」とアルヒロコスは言った。

メートルは書類を読み上げ、世界教会協議会議員はその下にサインした。

「さあ、これでこの城はあなたのものです」と弁護士は言って、立ち上がった。

アルヒロコスも同様に立ち上がった。「先生」と彼は厳かに言った。「私がいつも賛美してやまなかった方とお会いできた喜びを述べさせてください。あなたはあのかわいそうな助任司祭の弁護をされました。肉体だけが精神を暴力的にねじ曲げたのだ、魂はその外にあり、汚されないまま救われている、とあの時あなたはおっしゃった。その言葉は私の胸に深く刻み込まれていいま

3　古代の中東で崇拝された男性神の名。子どもが生贄として捧げられた。

「いやいや」とデュトールは言った。「自分の義務を果たしただけです。残念ながらあの助任司祭は斬首刑になってしまいました。今でも救われない気持ちですよ。懲役十二年を求刑したんですけれどね。とは言え、最悪の事態は避けられました。絞首刑にはならなかったんですから」

あとほんの少しだけお引止めしてもいいでしょうか、とアルヒロコスは尋ねた。

デュトールはおじぎをした。

「先生、先生に私が結婚するための書類を整えていただきたいのです」

「もう整っていますよ」と弁護士は答えた。「花嫁さんからもう頼まれていましたからね」

「おお」アルノルフは喜びの叫び声を上げた。「私の花嫁をご存じなんですか！」

「その名誉を拝しています」

「彼女はすばらしいでしょう？」

「とても」

「私は世界でいちばんの幸せ者です」

「結婚の立会人は誰になさいますか？」

それはまだ全然考えていませんでした、とアルヒロコスは言った。

それではアメリカ大使と学長ではどうでしょう、とデュトールは提案した。

アルノルフは躊躇した。

もう了解は得ています、とメートルは言った。「もう必要なことはこれ以上何もありません。この結婚は世間の注目を集めるでしょう。あなたの驚くべき昇進の話は、至る所で噂になっていますからね、アルヒロコスさん」

「でも、大使も学長も、私の花嫁のことは知らないじゃありませんか」

小柄な弁護士は芸術家のような長髪を後ろに振り払い、口髭をなでてから、アルノルフをほとんど悪意のこもった目つきでじっと見た。

「いや、知っているでしょうよ」

「わかった」アルヒロコスはあることを思いついて言った。「彼らはギルバート・ウィーマンとエリザベス・ウィーマンのお客だったことがあるんですね」

メートル・デュトールはまたあっけにとられ、不審に思っているようだった。

「まあそんなところですかね」としばらくして彼は言った。

アルノルフはあまりありがたく思っていないようだった。「学長のことは、もちろんとても尊敬していますよ」

「それなら」

「でもアメリカ大使は……」

「政治的な異論でも?」

「いえ、そういうわけではありません」アルノルフは困惑して答えた。「ミスター・フォスター＝モンローは何と言っても、私の道徳的世界秩序のナンバー・ファイブですからね。でも、彼は旧長老会派に属しているんです。その万人救済の教義は、私には受け入れられません。私は誰が何と言おうと、永遠の地獄の劫罰を信じていますから」

メートルは頭を振った。「あなたの信仰に関して、深く立ち入ろうとは思いませんよ」と彼は言った。「ですが、嘆く必要はないのでは。永遠の地獄の劫罰とあなたの結婚との間にはそんなに関係はないのですから」

アルヒロコスはほっと息をついた。「実は私もそう思っていました」と彼は言った。

それではそろそろお暇《いとま》します、とメートルは言って、ファイルを閉じた。「戸籍上の婚姻手続きは、ぴったり二時に市庁舎《オテル・ド・ヴィル》で行なわれます」

アルノルフは玄関先まで送ろうとした。

いや、庭を横切って行く方が好きですから、と小柄な弁護士は言って、赤いカーテンを左右に開いてから、ガラス戸を開けた。「これがいちばんの近道でしてね」

　凍りつくような空気が部屋の中に流れ込んできた。

「彼はこの家に何度も来たことがあるに違いない」メートルがさっさと歩く足音が夜の中に消えていくのを聞きながら、アルヒロコスは思った。それから彼はしばらくの間、ガラス戸を出たところにあるテラスに佇んだ。冷えてきたので部屋に引き返して、扉を閉めた。「ウィーマン家には人の出入りが多かったに違いない」と彼はつぶやいた。

17

アルヒロコスは、今や彼のものになったこの小さなロココ様式の城を探検し始めた。隣の部屋からかすかな足音が聞こえたような気がしたが、そこには誰もいなかった。すべてのものが明るく照らされていた。大きな白いキャンドルのこともあれば、小さなランプのこともあった。彼はたくさんある部屋や小さな広間を通り抜け、柔らかい絨毯の上を歩き、優美な家具のそばを通った。壁には古い、ところどころ裂け目のある貴重なタペストリーが掛かっていた。色あせた金色の百合の模様がシルバーグレーの地の上に散らばり、すばらしい絵が描かれていたが、彼はそれらをまっすぐ見ることができなかった。彼は何度か顔を赤くしたが、それは描かれているのがたいてい裸の女性だったからで、同じように自然な状態にある男性が一緒に描かれていることが多かった。クロエはどこにもいなかった。彼は初めのうちはいきあたりばったりに歩き回っていたが、そのうちにカラフルな印の後を追うようになった。それは青や赤や金色の紙から切り抜かれた星で、柔らかな絨毯の上に置かれており、明らかに彼が追跡すべき道筋を示していた。そのようにして彼はタペストリーに隠された秘密の扉を通り、そんなところにあるとは思わなかった狭い螺旋《らせん》状の階段のところに出て、そこから上の階に行くことができた（彼は長いことどうしていいかわからず、星の途切れた壁の前に立ち尽くし、その後でようやく扉を発見したのだった）。階段のどの段の上にも紙の星やほうき星が置いてあった。環のある土星の時もあれば、月や太陽の時もあった。アルヒロコスは一歩進むごと、一段上がるごとにどんどん臆病になっていった。すっかり勇気を失って、かつての気弱さがまた彼のもとに舞い戻ってきた。彼は苦しそうに息をし、白いバラを握りしめた。この花束を彼は決して手放さず、メートル・デュトールのところでもずっと手にしていたのだった。螺旋階段をのぼり切ると丸い部屋に出た。そこには大きな書き物机が置いてあり、天井まで届くような窓が三つあって、地球儀と背の高い肘掛け椅子と大きなフロアランプ、それにチェストがひとつあった。どの家具もまるで、劇場で見るファウスト博士の部屋に置いてあるもののように中世風で、肘掛け椅子の上には黄色に変色した羊皮紙が置いてあり、そこにはリップスティックで、アルノルフの書斎、と書いてあった。机の上の電話を見た時、アルヒロコスは一瞬、階下の玄関ホールでしずくを垂らしながら待っている画廊主のことを思い出した。今頃はすっかり氷も解けてしまっただろう。けれども、星やほうき星をたどって書斎の二つ目のドアを開けた時、彼はナーデルエアのことなどすぐに忘れてしまった。というのも、そこにあったのは大きな古い天蓋付きのベッドのある寝室だったからである。アルノルフの寝室、とルネサンス様式の小さな机の上に置かれた羊皮紙に書いてあった。その隣の部屋は——彼は星をたどって行った——またロココ様式に変わっていて、それは部屋というよりも魅力的なブードゥワール[4]と呼ぶべきもので、赤いランプに照らされ、ブードゥワールにあるべきものが置いてあった。クロエのブードゥワール、と書いてあった。リップスティックで書かれた羊皮紙は小さな肘掛け椅子の上にあり、そこには衣類が何枚か乱雑に置かれていた。それを見てアルヒロコスは困惑した。ブラジャー、コルセット、キャミソール、アンダーシャツ、ショーツ。どれも真っ白で、床の上にはストッキングと靴が脱いであり、半分開いたドアの隙間から、黒いタイル張りの浴室が見えた。床の中にはめ込まれているバスタブには緑色のいい香りがするお湯が張ってあり、かすかに湯気を立てていた。けれども、床のほうき星は浴室だけではなく、浴室を出る別のドアも指し示していた。彼は花束を盾のようにかざしながらその扉を開けた。彼が足を踏み入れた部屋には、優雅ではあるけれども信じられないほど広い天蓋付きのベッドが真ん中に置かれており、星や月はその前で終わっていた。数枚が木製のベッドフレームに貼りついていて、これらの印が導いていたのがこのベッドだったことは明らかだった。そこに誰がいるのか、見ることはできなかった。ベッドのカーテンが閉じていたからである。暖炉では何本かの薪が燃え、アルノルフの影をものすごく拡大し、揺らめかせながら、奇妙な金の模様の刺繍が施された赤いベッドカーテンに映し出していた。彼はおどおどと天蓋付きベッドに近寄った。カーテンの隙間からのぞき見しても、中は暗くて、白い雲のかたまりのようなリネンしか見えなかった。けれども、誰かの息が聞こえるように思われたので、恐る恐る小さな声で「クロエ」とささやいた。返事はなかった。行動に出るしかなかった。彼はできることならこの部屋から、この城から出て、星にも惑わされることなく、安心していられる自分の屋根裏部屋に戻りたかった。しかし、彼はついに嫌々ながらもカーテンを横に押し開いた。そして、探していた女性がベッドに寝ているのを発見した。ほどいた黒い髪の毛を顔の周りにくるくると渦巻かせて、彼女は眠っていた。

アルヒロコスは呆然とし、どうすればいいかわからずにベッドの端に腰を下ろして、おずおずとクロエの様子を見た。と言っても、時々そちらの方に目をやるのが精一杯だった。彼も疲れていた。ひっきりなしに降りかかる幸運な出来事が彼を落ち着かせず、ゆっくりと考えてみる暇もなかったからだ。それで、天蓋付きベッドの明るい赤の軽やかなカーテンに映った彼の影はだんだんクロエの方に沈み込んでいった。が、突然彼は、クロエがうっすらと目を開いたのに気づいた。ひょっとしたらもうずいぶん前から目が覚めていたのかもしれなかった。彼女は長いまつ毛の下から彼のことを見ていた。

「あら」と彼女は目が覚めた様子で言った。「アルノルフ。たくさんの部屋を通ってくる道順がわかったかしら？」

「クロエ」と彼はまだびっくりしたままで言った。「きみはウィーマン夫妻のベッドに寝ているんじゃないのかい？」

「これはもうあなたのベッドになったのよ」と彼女は笑い、背伸びをした。

「ウィーマン夫妻にはぼくたちのことをもう言ったんだろう？」

彼女は返事をするのをためらった。それから「もちろんよ」と言った。

「それでこのお城をぼくたちにプレゼントしてくれたんだね」

「イギリスにまだいくつも持っていらっしゃるのよ」

「よくわからない」と彼は言った。「すべてのことがまだよくのみこめないんだ。イギリス人がこんなにも社会的に開けていて、メイドにお城をひとつ気前よくポンとプレゼントするなんて、全然知らなかった」

「イギリスの特定の家系ではそういう習慣があるみたいよ」とクロエは説明した。

アルヒロコスは頭を振った。「原子砲部と分娩鉗子部《ぶんべんかんしぶ》の常務になったんだ」

「知ってるわ」

「ものすごい高給で」

「なおさらよかったじゃない」

「それに世界教会協議会の議員にもなった。五月にシドニーに行かなくちゃいけない」

「私たちのハネムーンね」

「いや、違う」と彼は言った。「ハネムーンはこれだよ！」彼はポケットから二枚の切符を取り出した。「金曜日にギリシアに行くんだ。ユーリア号に乗って」

それから彼はぎょっとなった。

「どうしてぼくが出世したことを知っているの？」と、訝《いぶか》しがりながら彼は尋ねた。

彼女は体を起こした。あまりにも美しかったので、アルヒロコスは思わず目を伏せた。彼女は何かを言おうとしたようだったが、長い時間かけて物思いにふけりながらアルノルフを見つめた後、ため息をひとつついただけだった。それからまた枕に頭を埋めた。「町じゅうの噂になっているわ」彼女はようやく口を開いたが、声が変だった。

「明日、きみはぼくと結婚してくれるよね」彼は口ごもりながら言った。

「あなたはわたしと結婚したくないの？」

アルヒロコスはいまだに彼女をまっすぐ見つめる勇気がなかった。というのも、彼女は今や掛けぶとんもはねのけていたからだ。そもそもこの寝室では、どこにも目のやり場がなかった。至る所に裸の神々の絵が掛かっていた。これがあのぎすぎすにやせたウィーマン夫人の趣味だとはとても思えなかった。

「まったくイギリス人女性ときたら」と彼は思った。「でも、ありがたいことに、彼女たちはメイドにやさしい。その点に彼女たちの感覚的な喜びというものを見てとることができる」彼はできれば横になり、クロエを腕に抱いて、とにかく眠りたかった。夢も見ないで、何時間も、暖炉の火の暖かさに包まれて、ぐっすりと。

「クロエ」と彼は小さな声で言った。「起きることが何もかも、ぼくにとっては困惑するようなことばかりだ。きっときみにとってもそうだろう。それでぼくはもう時々何も感じなくなってしまって、ここにいる自分は別人で、本当はいまだにあの、壁に染みのついた屋根裏部屋にいるはずで、きみだって全然存在していないんだ、と思ってしまう。幸運は不幸よりも耐え難い、と今日モーザー司教がおっしゃったよ。彼の言うことは正しい、と何度も思った。不幸は突然降りかかってくるわけではない。そうなるべくしてなるんだ。でも、幸運は偶然に訪れる。だから、ぼくたちのこの幸運も、始まった時と同じようにすぐに終わってしまうんじゃないかと心配なんだ。これはみんながきみとぼく、メイドと経理係を相手に繰り広げたゲームじゃないかと思ってしまうんだよ」

「今はそういうことをあれこれ考えなくてもいいのよ、あなた」とクロエは言った。「私は一日中あなたのことを待っていたの。そしてようやく会えたの。こんなにすてきになって。コートを脱がない？　オニール・パッペラーね」

コートを脱ごうとした時、彼はいまだに花束を握りしめていることに気がついた。

「はい、これ」と彼は言った。「白いバラだよ」

彼は彼女に花を渡すために、ベッドの方にかがんだ。すると、二本の白い腕が抱きついてきて、ベッドの方に引き倒されてしまった。

「クロエ」彼はあえぎながらもまだ何とかものを言うことができた。「きみにはまだ旧新長老会派の根本的な教義のことを話していない」まさにこの瞬間、誰かが彼の背後で咳払いをした。

18

世界教会協議会議員は驚いて飛び上がり、クロエは悲鳴を上げて掛けぶとんの下にもぐり込んだ。天蓋付きベッドの前に立っていたのは、画廊主だった。彼はがたがた震え、歯をガチガチ鳴らし、まるで水死体のようにびっしょり濡れていた。髪の毛は薄い房になって額に垂れ、口髭からぽたぽたしずくが落ち、服は体にぴったり貼りついていた。彼の足元にはドアのところまで続く水たまりができていた。水たまりはキャンドルの火に輝き、紙の星が何枚か浮かんでいた。

氷が解けました、と美術商は言った。

アルヒロコスは彼をじっと見た。

彫像を持ってきたんです、と画廊主は言った。

何のご用ですか、とアルノルフは、気まずい思いでようやく口を開いた。

お邪魔する気は毛頭ないんです、とナーデルエアは袖を振りながら答えた。まるで水道管のように水が床にほとばしり出た。ですが、キリスト教徒であり、世界教会協議会議員でもあるあなたにどうしてもお願いしなければならないんです。大急ぎでお医者さんに電話をかけてください。高い熱が出ているんです。胸が刺すように痛いし、腰も死ぬほど痛いんです。

「わかりました」とアルノルフは言って、服を整え、立ち上がった。「彫像はここに置くのがいちばんいいでしょう」

おっしゃるとおりに、とナーデルエアは答えて、彫像を天蓋付きベッドの横に置いたが、その時に呻《うめ》き声を上げずにはいられなかった。膀胱も痛くて、と彼は言った。

「私の花嫁です」とアルヒロコスは紹介し、盛り上がっている掛けぶとんの方を指した。

「恥を知りなさい」と美術商は言い、新たに水が噴水のように湧き上がった。「キリスト教徒として……」

「でも、彼女は本当に私の花嫁なんです！」

「私は秘密は絶対に守ります」

「ちょっとこちらへ」とアルヒロコスは言って、ナーデルエアを部屋から外に押し出した。けれども、ブードゥワールのブラジャーやコルセットやショーツが置いてある椅子の横で画廊主はまた立ち止まった。

お風呂に入ったら気持ちいいでしょうね、と彼は言って、激しく震えながら浴室の開いたドアと、湯気を立てているバスタブの緑色の湯を指さした。

「とんでもない」

「世界教会協議会議員じゃありませんか……」

「じゃあ、お好きなように」

ナーデルエアは服を脱ぎ、風呂に入った。

「行かないでくださいよ」と彼は、バスタブの中で真っ裸で、ほとんど泣きそうになって、汗をびっしょりかき、熱のある眼を懇願するように大きく見開いて頼んだ。「気絶するかもしれませんから」

それからアルヒロコスは彼の面倒をみてやらなければならなかった。

画廊主は不安にかられた。

「家の主が戻ってきたらどうしよう……」

「この家の主は私です」

「でも、ご自分でおっしゃったじゃないですか……」

「ついさっき、私に譲渡されたのです」

ナーデルエアは高熱を発して、歯をガチガチ鳴らした。「家の主がくるくる変わる」と彼は言った。「私はもうこの家から離れられません」

「信じてください」とアルヒロコスは言った。「私の言うことを信じて！」

理性のかけらが自分にはまだ残されている、とナーデルエアはあえぎながら言って、バスタブから出た。「キリスト教徒なのに！　これ以上ないほどにがっかりしましたよ！　あなたも他の人たちと同じなんだ」

アルヒロコスは、浴室に掛かっていたブルーの縞模様のバスローブで彼をくるんでやった。

「ベッドに連れて行ってください」と美術商は呻きながら言った。

「でも……」

「世界教会協議会議員でしょ」

「わかりました」

アルヒロコスはルネサンス様式の部屋の天蓋付きベッドに彼を連れて行って、横にならせた。

医者に電話をかけてきます、とアルノルフは言った。

「その前にコニャックを一びん」と、美術商はのどをゼイゼイ鳴らし、悪寒に震えながら言った。「コニャックはいつも効くんです、あなた、キリスト教徒でしょ……」

地下室で探してみましょう、とアルヒロコスは約束すると、疲れた体を引きずって下に降りていくことにした。

19

ところが、何度か迷った挙句に見つけた地下室へ通じる階段の上で、彼は遠く地下室から聞こえてくる酔っぱらいのわめき声を耳にした。どこもかしこも照明があかあかとともっていた。丸天井の地下室にたどり着いた時、彼は自分の予感が当たっていたことを知った。弟のビビが双子のジャン・クリストフ、ジャン・ダニエルとともに床に寝転がっていたのだ。彼らはからっぽになったびんに取り囲まれ、民謡を歌っていた。

「上から降りてきたのはなんとまあ」とビビは兄の姿を認めた時に感激して叫んだ。「アルノルフおじさんだ！」

いったいここで何をしてるんだ、とアルノルフは心配そうに尋ねた。

「焼酎を掘り出して、歌の練習。『クーアプファルツの狩人』の」

「ビビ」とアルノルフは堂々とした態度で言った。「歌わないでいてもらいたいものだね。ここは私の家の地下室なんだから」

「おや」とビビは笑った。「それはまたえらく出世したなあ。おめでとうさん。まあ、座れよ、アルノルフ兄貴、このソファーの上にでもさ」ビビは兄に、赤ワインの水たまりの中にあるからっぽの樽を差し出した。

「ほら、子どもたち」と彼は、まるで猿のようにアルノルフの膝や肩のところで跳ねまわっている双子に向かって言った。「おじちゃんのために讃美歌を一曲歌ってやりな」

「いつも忠義と誠意を」とジャン・クリストフとジャン・ダニエルが金切り声で歌った。アルヒロコスは疲れを振り払おうと必死だった。「ビビ」と彼は言った。「今度こそきっぱりと言っておかなきゃいけないことがある」

「歌をやめて、双子たち！　気をつけ」回らないろれつでビビが言った。「アルノルフおじさんが演説するんだとよ！」

「お前のことを恥ずかしいと思っているわけじゃないんだ」とアルノルフは言った。「ぼくの弟だからね。それに心根は善良でおとなしく、上品な人間だということも知っている。けれども、お前の欠点を直すためにも、ぼくは父親のように厳しくお前と話す必要があるんだ。今までぼくはお前を援助してきたけれども、お金をあげればあげるほど、お前と家族は悪くなる一方で、今では酔っぱらってぼくの家の地下室で寝るほどにまでなっている」

「そりゃ完全な誤解だよ、アルノルフ兄貴、この地下室の持ち主は国防大臣だよ。まったくの誤解だ」

「なおのこと悪い」とアルノルフは悲しそうに言った。「他人の地下室に押し入るなんて。しまいには監獄行きだぞ。さあ、双子を連れて家に帰るんだ。明日になったら、プティ・ペイザン社の分娩鉗子《ぶんべんかんし》部《ぶ》で働くことにしなさい」

「家に帰れって？　こんなに寒いのに」ビビは驚いて尋ねた。

「タクシーを呼んでやる」

「うちのデリケートな双子を凍死させようってのかい」とビビは怒って言った。「うちの隙間風だらけのバラックに帰ったら、この子たちはこの気温じゃ死んじまうよ。マイナス二十度だぜ」

隣の部屋から大きな物音がした。十二歳のマテウスと九歳のゼバスティアンが突然姿を現わして、おじさんの方に突進し、膝や肩のところにいる双子のところまで登ってきた。

「おじちゃんの上に登る時は、ナイフを捨てろ、マテウス、ゼバスティアン」とビビは命令した。

「なんてことだ」四人の甥に乗っかられたアルノルフは尋ねた。「他にまだ誰を連れて来てるんだ？」

「おかあちゃんと大尉のおじさん」とビビはウォッカのびんを開けながら言った。「それにマグダ・マリアと新しい彼氏」

「あのイギリス人か？」

「なんでイギリス人なんだよ」ビビは不思議そうに言った。「もうとっくに終わっちまったよ。今度は中国人だ」

アルヒロコスが戻ってきた時、ナーデルエアはもう眠っていた。ひどい熱にうかされてうわごとを言っていた。医者に電話をかけるにはもう遅すぎた。アルヒロコスは疲労困憊していた。地下室からは相変わらず歌をがなりたてる声が聞こえてきた。もう一度星やほうき星をたどってクロエの寝室まで行く勇気はなく、ブラジャーやコルセットの載った椅子からそう離れていないところにあるソファーに横になった。そして、オニール・パッペラーのコートをやっとの思いで脱いで、それをふとん代わりに掛けると、すぐに眠り込んだ。

20

翌朝八時頃、彼は白いエプロンをつけたメイドに揺り起こされた。

「さあ、早く」とメイドは言った。「コートを持って、早くお行きなさい。隣の部屋でご主人様が寝ていらっしゃいます」彼女は、アルヒロコスがその時までその存在に気づいていなかったドアを開けた。それは広い廊下に通じていた。

「ばかなことを言うんじゃない」とアルヒロコスは言った。「この家の主は私だぞ。隣に寝ているのは画廊主のナーデルエアだ」

「あら」と少女は言って、膝を折っておじぎをした。

「名前は?」と彼は尋ねた。

「ソフィーです」

「何歳？」

「十六歳です、ご主人様」

「もう長いことここで働いているの？」

「半年です」

「ウィーマン夫妻に雇われて？」

「マドモアゼル・クロエにです、ムッシュ」

アルヒロコスは何か勘違いしているに違いないと思ったが、さらに尋ねるのは恥ずかしくてやめにした。

「コーヒーを召し上がりますか？」と少女は尋ねた。

「マドモアゼル・クロエはもうお目覚めかね？」

「九時までお休みになります」

それじゃあ九時に取り次いでもらうことにしよう、とアルヒロコスは言った。

「とんでもない《モン・デュー》、ムッシュ」ソフィーは頭を振った。「その時間、マドモアゼルはお風呂にお入りになりますわ」

「九時半は？」

「マッサージをお受けになります」

「十時は？」

「ムッシュ・シュパーツが来られます」

そりゃまたいったい誰のことだね、とアルヒロコスは驚いて尋ねた。

いったい何時になったら花嫁に会えるのか、とアルノルフは絶望して大声を上げた。

「テーラーです」

「オー、ノン」ソフィーは勢いよく言った。「結婚式の準備をするんですから、マドモアゼルにはやることがいっぱいありますわ」

朝食の部屋に案内してくれ、とアルヒロコスはおとなしく言った。少なくとも何か食べたいからね。


彼はメートル・デュトールが彼にこの城を譲渡してくれた部屋で、堂々とした白髪の執事の給仕を受けながら朝食をとった（突然、至る所に召使やメイドがうようよ出現したようだった）。卵とハム（彼は手をつけなかった）、モカ、オレンジジュース、ぶどう、いい匂いのするパンとバター、ジャムが出された。そうこうしているうちに、背の高い窓の外にある庭の木々の向こうでは陽が昇って明るくなり、結婚祝いの品が次々と城に運ばれてきた。花束、手紙、電報、小包の山。クラクションを鳴らしながら郵便配達の自動車が何台も玄関先に乗り入れ、渋滞になり、プレゼントがどんどん積み上げられ、ホールやサロンに山積みにされ、人々から忘れ去られた画廊主が黙って厳粛にひとりで熱を出して寝ているベッドの前や掛けぶとんの上にまで置かれた。

アルヒロコスはナプキンで口をぬぐった。彼はまじめな様子で、黙ったまま、一時間もかけて食事をした。ジョルジェットの店でアップルムースとパスタを食べてから、何も口にしていなかったのだ。ブッフェの上にはアペリティフやリキュールの入ったびんと、いい匂いのする折れやすい葉巻の箱が置いてあった。パルタガス、ダンネマン、コスタ・ペンナの色とりどりの箱。そういうものに手を出したいという初めての欲求が湧き起こってきたので、彼は驚いてその感情を抑えつけた。彼はこの家の主らしい早朝の時間を楽しんだ。時々地下室の方からあまりにもはっきりと聞こえてくるビビ一家の歌やわめき声が、何度か騒ぎを引き起こしてはいた。太った女性の料理人は地下室に降りていった後、大尉のおじさんにあやうくレイプされそうになって、髪をぼさぼさにして戻ってきた。

盗賊の一味が押し入っています、とびっくり仰天した様子の執事が報告した。警察に電話をかけようと思いますが。アルヒロコスは、その必要はないというように手を振った。

「うちの一族の者だから」

執事はおじぎをした。

名前は何というのかね、とアルノルフは尋ねた。

「トムです」

「何歳かね？」

「七十五歳です、ご主人様」

「もう長いことここで働いているのかい？」

「十年になります」

「ウィーマン夫妻に雇われて？」

「マドモアゼル・クロエにです」

また何か勘違いしているに違いない、とアルヒロコスは思ったが、今回もまたさらに質問するのはやめにした。彼は七十五歳の執事に少しばかり気おくれを感じていた。

九時にオニール・パッペラーが参ります、と執事が言った。結婚式用の燕尾服を準備するためです。シルクハットはもうゴーシェンバウアーから届きました。

「わかった」

「十時には戸籍役場の職員が参ります。いくつか形式的に片付けておかなければならないことがございますので」

「よろしい」

「十時半にムッシュ・ヴァーグナーが面会に来られます。分娩鉗子《ぶんべんかんし》に関するアルヒロコス様の功績に対し、医学部から名誉博士号が授与されるそうでございます」

「お会いしよう」

「十一時にはアメリカ大使が合衆国大統領のお祝いメッセージを持って来られます」

「うれしいね」

「一時に結婚式の証人とともに軽食の予定になっております。二時二十分前に戸籍役場に向けて出発し、エロイーズ礼拝堂の後はリッツで食事となっております」

いったい誰がこれらすべての手筈を整えたのかね、とアルヒロコスは驚きながら尋ねた。

「マドモアゼル・クロエです」

「お客は何人？」

マドモアゼルはごく近しい人とだけお祝いすることをお望みで。ごく親しいお友だちだけお招きになりました。

「私もまったく同意見だ」

「ですので、二百人しかお招きしておりません」

アルヒロコスはいくらか困惑した。「まあ、いいだろう」彼はようやく口を開いた。「私にはよ
「私にはよくわからないからね。十一時半にタクシーを呼びなさい」

「ロバートの運転ではなく？」

それはいったい誰のことかね、とアルヒロコスは尋ねた。

「運転手です」と執事は答えた。ご主人様は町じゅうでいちばん美しい赤のスチュードベーカーをお持ちです。

「変だな」とアルヒロコスは思ったが、その時もうオニール・パッペラーがやって来た。


十一時半少し前に、彼はウィーマン夫妻を探してリッツに出かけた。ふたりはホテルのロビーにいた。ビロード張りのソファーやありとあらゆる種類の革張りの椅子が置かれた豪勢な空間で、壁には絵が掛けてあったが、色調が暗いのでそこに描かれている果物や、さまざまな猟獣の肉はほとんど見分けがつかないほどだった。夫妻はソファーに腰かけて雑誌を読んでいた。ウィーマン氏が読んでいるのは『新考古学評論』で、奥さんの方は古代研究の専門誌だった。

「ウィーマン夫妻」と彼はとても興奮して話しかけ、驚いて顔を上げたイギリス人女性に蘭の

花を二本手渡した。「あなた方は私が知っている中で、最も善良な方々です」

「ウェル」とウィーマン氏は言ってパイプをくゆらし、『新考古学評論』を脇に置いた。

「あなた方を私の道徳的世界秩序のナンバー・ワンとナンバー・ツーに格上げします」

「イエス」と、ウィーマン氏は言った。

「私はあなた方のことを、大統領や旧新長老会派の司教以上に尊敬しています」

「ウェル」と、ウィーマン氏は言った。

「心のこもった贈り物をする人は、心からの感謝を受け取るのです」

「イエス」とウィーマン氏は言って、妻の方をぽかんと見た。

「サンキュー・ベリー・マッチ！」

「ウェル」と、ウィーマン氏は言った。それから再び「イエス」と言って財布を取り出した。

けれども、アルヒロコスの姿はもうそこにはなかった。

「愛すべき人たちだけれど、少し打ち解けにくいな、あのイギリス人は」と、（町じゅうでいちばん美しい）赤いスチュードベーカーの中で彼は思った。

　エロイーズ礼拝堂の前で結婚式の行列を待ち受けていたのは、旧新長老会派の教区からやって来た数人の老婆たちだけではなかった。非常に多くの人々が半分凍えながらエーミール・カッペラー通りに集まり、歩道で長い行列を作っていた。汚らしい地区の窓という窓にぎっしりと人が群がっていた。ぼろを着た不良少年たちが、まるで石灰に汚れたブドウのように街灯や、わずかに生えた貧弱な木々にぶら下がっていた。自動車の列が市庁舎の方から曲がってメルクリング大通りに入ってきた。先頭の赤いスチュードベーカーからクロエとアルヒロコスが降りた。群衆は歓声を上げ、感激して大騒ぎした。「アルヒロコス万歳」、「おめでとう《ヴィヴァ》、クロエ」と、自転車競技ファンたちはかすれ声を上げ、マダム・ビーラーと夫のオーギュスト（サイクルウェアは着ていなかった）はふたりとも泣いていた。その少し後で曲線的な装飾が施された大統領の公式馬車が到着した。馬車には六頭の白馬がつながれ、金色のヘルメットに白い羽飾りをつけた護衛が跳ねるように進む黒馬に乗っていた。エロイーズ礼拝堂は満員だった。礼拝堂は美しい建物とは言い難く、どちらかと言えば小さな工場に似ていた。塔がなく、もうかなり傷んでいて、かつては壁も白かっただろうが、どこから見ても近代的教会建築の失敗作といったところだった。周りには何本かの悲しげな糸杉が植えられていた。映画館を建てるのに土地を譲ることになって壊された非常に古い教会の動産を格安で譲り受けたせいで、内部も外見と似たり寄ったりだった。貧弱で殺風景で、粗末な木製のベンチが置いてあり、不格好な説教壇が空間の中にひとつだけぽつんとそそり立っていた。入口の反対側にある細長い壁には、朽ちかけた大きな十字架がかかっていた。その壁には黄色や緑の染みがついていて、アルヒロコスは自分がずっと住んでいた屋根裏部屋を思い出した。細長い、銃眼に似た窓から斜めに光が差し込み、その光のなかで小さな埃の粒が舞っていた。結婚式の客たちがこの貧弱で敬虔でかび臭い世界を埋め始めると、それまで老婆や安い香水、それにいくらかにんにくの臭いがしていたこの教会が明るく輝き始め、やさしく暖かいものになっていった。貴金属のアクセサリーや真珠のネックレスのきらめきが空間を満たし、肩や胸が輝き、最高級の香水が雲となって高いところへ、半分焼け焦げた天井の方へ（教会は一度ぼやを出したのだ）のぼって行った。モーザー司教が説教壇に上がった。旧新長老会派の黒い職服をまとい、堂々たる姿だった。司教は小口が金色に光る聖書をごつごつした書見台に置き、両手を組み、下の方を見た。いくらか途方に暮れた様子で、バラ色の顔は汗びっしょりだった。彼のすぐ下には新郎新婦が座っていた。クロエは大きな黒い、信心深い瞳をして喜びに輝きながら、繊細なベールに包まれていた。ベールの中で陽の光が震えた。その隣でアルヒロコスがしゃっちょこばっていた。彼も途方に暮れていた。燕尾服（オニール・パッペラー）を着て、それが彼だとは見分けがつかないくらいだった――かつての彼の持ち物で残っているのは、縁なしの汚れた眼鏡だけで、それが彼の顔に斜めにひっかかっていた――シルクハット（ゴーシェンバウアー）と白い手袋（ドゥ・シュトゥッツ・カルバーマッテン）は膝の上にあった。彼らの後ろには、他のゲストから離れた形で、大統領が座っていた。尖ったあご鬚を生やし、顔中しわだらけで髪は白く、至る所が金ぴかだった。騎兵隊の将軍の軍服を着て、磨き上げたブーツをはいたひょろ長い両脚の間に長いサーベルをはさんでいた。大統領の後ろには結婚の立会人が座っていた。燕尾服姿の白い胸に勲章をつけたアメリカ大使と、威厳に満ちた学長だった。それからその他のゲストたちが木のベンチの上で多少居心地が悪そうにしていた。プティ・ペイザン、メートル・デュトールとその隣の巨大な奥方（真珠の万年雪におおわれた原始岩層のようにそびえていた）、やはり燕尾服姿で両手がまだコバルトブルーの絵の具で汚れているパサップ、それに上流階級の紳士方（主に紳士たちだった）、首都の超一流の人々が厳粛な面持ちで座っていた。司教がまさに祝辞を述べようとしたその時、ファールクスがちょっと遅刻して入ってきた。アルノルフの道徳的世界秩序のいちばん下にいる革命家だった。彼は巨大でがっしりした頭にもじゃもじゃの口髭を生やし、火のような赤い巻き毛を頑丈そうな両肩の間に垂らし、燕尾服の胸元に二重あごを載せていた。そこにはルビーをちりばめた金のクレムリン勲章がぶらぶら揺れていた。

21

言葉は、とモーザー司教は祝辞を静かな、ささやくような声で始めた。見るからに居心地悪そうに説教壇の上でもぞもぞしていた。今日のこの日のお祝いの席に集まられたみなさんを前に申し述べたい言葉は、詩篇第七十二篇にあります。ソロモンの歌で、そこには、イスラエルの神、主はほむべきかな、ただ主のみ、くすしきみわざをなされる、と書かれています。神は今日、と司教は続けた。ふたりの人の子を、人生を共に歩むべく結び付けられました。このふたりは神にとってのみならず、このエロイーズ礼拝堂に集まったすべての人々にとって、愛すべきかけがえのない存在となりました。まず花嫁ですが（ここでモーザー司教は少し詰まった）、おそらくこの場にいるすべての人々がとてもやさしい気持ちで彼女の心に結び付いていています。彼女はいつもこの場に集まったすべての人々に（ここでモーザー司教は詩的になった）この上なく優雅に非常に多くの愛を、美を、崇高なものを贈ってくれたのです。要するに、非常に多くのすばらしい時間を与えてくれたのです。それにはいくら感謝してもしきれるものではありません（司教は額の汗をぬぐった）。そして花婿ですが、と司教は少しほっとした様子で続けた。彼の方も愛すべき高貴な人間です。彼も花嫁が惜しげもなく与えることのできる愛の分け前にあずかることになるでしょう。彼は我々の町の市民で、あと数日もすれば世界の注目を浴びることになるでしょう。ごく庶民的な家庭環境の出身なのに、常務になり、世界教会協議会議員になり、医学部の名誉博士になり、アメリカ合衆国名誉領事になるのですから。人間が行なうことのすべて、人間が手に入れるもののすべて、すべての肩書や功績が、永遠を前にするとはかないものであり、あっという間に吹き飛ばされるものであり、無にすぎないというのが正しいとしても、それでもやはりこの出世は恩寵のなせるわざであることを示しています（ここでファールクスがわざと周りに聞こえるように咳払いした）。しかし、これらのことすべては、人間によってもたらされた恩寵ではなく（今度はプティ・ペイザンが聞こえよがしに咳払いした）、神によってもたらされたものです。それは聖書の教えにもあるとおりです。人間の行為がアルヒロコスを出世させたのではなく、主のみがそれをなし給うたのです。主はもちろんそのために人間の心をお使いになった。人間の心を操り、人間の弱さと脆さを主の目標のためにお使いになったのです。ゆえに、神のみに栄光がありますように。

　このようにモーザー司教は説教した。個別のものから普遍的なものへと話が進めば進むほど、彼の説明の出発点、すなわち新郎新婦から離れて永遠の領域へ、神の領域へとさまよい出れば出るほど、彼の声はだんだん力強く、迫力あるものになり、彼の言葉はますます豪華絢爛で、もったいぶったものになっていった。基本的には見事に賢く構築されている世界秩序のイメージをまざまざと描き出しながら、神の思し召《おぼめ》しによりすべてが最終的にはよい方向に納まったのだった。司教が話し終わって説教壇から降り、ふたりが「はい」と小さな声で答えて結婚式が執り行なわれた後、アルヒロコスは大きな黒い、幸せそうな瞳の愛する妻と腕を組んで立ちながら、急に目が覚めたようになって、式に参列している人々をよく見てみた。彼は参列者の間をゆっくり歩くことになっていた。堂々とした大統領、勲章や宝石で飾り立てた紳士淑女、国じゅうの有力者、影響力のある人々、有名人の間を歩きながら、彼はもじゃもじゃの赤毛のファールクスがいるのに気づいた。ファールクスはアルヒロコスのことを嘲笑うようにじろじろ見つめ、悪意のあるしかめっ面をしてみせた。聖歌隊席の上にある小さなオルガンがメンデルスゾーンの結婚行進曲を鳴らし始め、外でまだ待っている群衆がうらやむような幸福の頂点にあったちょうどその時、ギリシア人は突然悟った。彼は青ざめ、よろめいた。顔に汗が噴き出した。

「ぼくが結婚したのは高級娼婦だったんだ」彼は手負いの獣のように絶望して叫び、妻から身をもぎ離した。クロエは不安な気持ちでいっぱいになりながら、ベールをなびかせて礼拝堂の正面玄関まで彼の後を追いかけた。アルヒロコスがエロイーズ礼拝堂を飛び出したところを、群衆が笑ったりわめいたりしながら迎えた。彼らは花婿がひとりで出てきたのを見て、何が起きたのかをすぐに理解した。アルヒロコスは貧弱な糸杉の間に立って一瞬躊躇した。無数の見物人がいることに今頃になってようやく気づき、ぎょっとした。それから彼は大統領の公式馬車のそばを駆け抜け、主人を待っているロールス・ロイスやビュイックが連なるそばを走り過ぎ、エーミール・カッペラー通りを誰彼が行く手をさえぎるせいでジグザグに走った。まるで猟犬に追われる野生動物のように、何かに駆り立てられているかのようだった。

「町いちばんの寝とられ男、万歳!」

「あいつをやっつけろ!」

「服をはぎとってしまえ!」

口笛が彼の耳をつんざき、罵詈雑言を浴びせられ、石が飛んできた。不良少年どもが彼の後を追いかけ、足を引っかけたので、彼は何度も転んだ。そしてようやく、血だらけになりながら一軒のアパートの玄関ホールにある階段の下に隠れることができた。暗闇にしゃがみこみ、両腕で覆った頭の上を、追跡者たちのパタパタいう足音が通り過ぎた。彼を見つけ出すことができないまま、そのうちに追跡者たちは姿を消していった。

彼は何時間も階段の下にしゃがんでいた。凍えながら、小さな声ですすり泣いた。アパートの廊下は暖房されておらず、どんどん暗くなっていった。彼女はみんなと寝たんだ、みんなと。大統領とも、パサップやメートル・デュトールとも。みんなと。彼はめそめそと泣いた。非常な重みをもった道徳的世界が崩壊し、それが彼を押し潰した。それから彼は立ち上がった。知らない家の廊下をよろめきながら歩き、自転車につまずいて転んだりしながら、彼は通りに出た。もう夜になっていた。彼は忍び足で川辺に向かった。照明の暗い汚い小道を抜けて橋の下に行くと、しわがれ声で話している浮浪者の一群がいた。彼らは新聞紙にくるまって寝そべっていた。犬が一匹、暗闇の中で影のようにやって来てアルヒロコスにガブリと嚙みつき、ねずみがチューチューそばを駆け抜け、ボコボコ音を立てている水が彼の足元を濡らした。どこかで船の汽笛が鳴った。

「今週はもう三人目だぜ」ひとりの浮浪者のしわがれ声が聞こえた。「ほら、飛び込めよ！」

「あほくさ」ともうひとりがあえぐように言った。「冷たすぎるぜ」

笑いが起きた。

「首つり、首つり」と浮浪者たちは拍子をとりながらわめいた。「それがいちばん楽ちんだ、楽ちんだ」

彼は川を離れ、旧市街をあてもなくさまよい歩いた。どこかで救世軍の下手くそな演奏が聞こえた。彼はパサップの住んでいるフュネーブル通りに入り込み、走り始めた。行ったこともない地区を何時間もさまよい、高級住宅街を通り抜け、ラジオの騒音でいっぱいの労働者街を抜け、ファールクスの信奉者たちの戯《ざ》れ歌が鳴り響くろくでもない居酒屋のそばを通り過ぎ、お化けのような溶鉱炉のある工場地区を抜け、真夜中頃になってもともと自分が住んでいた屋根裏部屋に戻ってきた。彼は明かりをつけず、後ろ手に閉めた扉にもたれかかった。彼は震え、汚れていた。オニール・パッペラーの燕尾服は破れ、ゴーシェンバウアーのシルクハットはもうとっくの昔になくしてしまっていた。相変わらず水を流す音が聞こえ、向かいの建物のファサードについた窓の明かりが汚れたガラスを通して、カーテン（その向こうに一張羅がぶら下がっている）を照らしたり、鉄枠のベッドを照らしたり、椅子と聖書の載ったぐらぐらするテーブルを照らしたり、よくわからない色の壁紙の上に掛けられた彼のかつての世界秩序の肖像を照らしたりした。彼は窓を開けた。臭《くさ》いにおいが鼻をつき、騒音が大きくなった。彼は壁に掛かった肖像をひとつひとつ引きはがし、大統領や司教やアメリカ大使を叩きつけ、聖書までもまるでシャフトのように見える真っ暗な中庭の底へ投げ捨てた。弟のビビとその子どもたちの写真だけはそのままにしておいた。それから彼は別の屋根裏部屋に忍び込んだ。洗濯物がずらりと干してあるのがぼんやりと見えた。彼は物干しロープをはずして、どこかの一家のシーツを床に放り投げたまま、手探りで自分の部屋に戻った。彼はテーブルをランプの下に置いてその上にのぼり、ランプがぶら下がっている鉤にロープを固定した。うまくいった。それから彼はロープで輪を作った。窓がバタンバタンと開いたり閉まったりし、氷のように冷たい風が彼の額をなでた。彼が頭を輪の中に入れ、テーブルから身を投げようとしたまさにその瞬間、屋根裏部屋のドアが開いて、明かりがともされた。

ファールクスだった。彼はまだ結婚式の時の燕尾服を着て、その上に毛皮の裏地のついたコートを羽織っていた。クレムリン勲章の上の大きな顔は表情ひとつ変えず、もじゃもじゃの赤毛はたちの悪い炎のようだった。彼はふたりの男をお供に連れていた。ひとりはプティ・ペイザンの秘書で、扉に鍵をかけた。もうひとりはタクシー運転手の服装をした大男で、ガムを嚙みながら窓を閉め、ドアの前に椅子を置いた。アルヒロコスはぐらぐら揺れるテーブルの上に立ち、頭をロープの輪の中に入れたまま、ランプに不気味に照らされていた。ファールクスは椅子に座り、腕組みをした。秘書はベッドの上に座った。三人は押し黙り、水の流れる音も今はくぐもって聞こえた。アナーキストはギリシア人の顔を注意深く観察した。

「それでと、アルヒロコスさん」彼はようやく沈黙を破った。「私が来ることはわかっていましたよね」

「あなたもクロエと寝たんだ」と、アルヒロコスは机の上から見下ろしながら、強い口調で言った。

「もちろん」とファールクスは答えた。「何と言っても、それがあの美しい人の仕事ですからね」

「出て行ってください！」

革命家は身じろぎしなかった。「彼女の愛人全員があなたに結婚式の贈り物をしました」と彼は言った。「今度は私の番です。ルーギンビュール、私の贈り物を差し上げなさい」

運転手の服装をした大男はガムを噛みながらテーブルの方に歩み出て、アルノルフの両足の間に丸い卵のような形をした鉄のかたまりを置いた。

「いったい何ですか、これは」

「正義です」

「手榴弾?」

ファールクスは笑った。「そのとおり」

アルヒロコスは頭を輪からはずし、ぐらぐらするテーブルから用心しつつ降りて、爆弾を恐る恐る両手に取った。それは冷たく、照明に当たってほのかに光っていた。

「これで何をしろと言うんです?」

老人はすぐには答えなかった。彼は身じろぎひとつせず、機会をうかがいながら、大きな両手を膝の上で大きく広げて椅子に座っていた。

「自殺するつもりでしたよね」と彼は言った。「なぜです?」

アルヒロコスは黙った。

「この世界に対抗するのに、ふたつの可能性がある」と、ファールクスはゆっくりとドライに言った。「世界とともに破滅するか、世界を変えるかだ」

「黙れ」とアルヒロコスは叫んだ。

「わかりました。それではどうぞ首をつってください」

「話してください」

ファールクスは笑った。「煙草を一本くれ、シューベルト」彼はプティ・ペイザンの秘書の方を向いた。ルーギンビュールが不格好なライターで火をつけた。ファールクスはそこに座って、青みがかった煙をたっぷりと吐き出しながら、ゆったりと煙草を吸った。

「私はどうすればいいんでしょう？」アルヒロコスは大声で言った。

「私の言うとおりにしなさい」

「何のために？」

「あなたを笑いものにした社会の秩序は破壊されなければならない」

「そんなことは不可能です」

「これより簡単なことはない」ファールクスは答えた。「大統領を暗殺するのです。それから先は、私が自分でやります」彼はクレムリン勲章に軽く触れた。

アルヒロコスはよろめいた。

「爆弾を落とさないようにしなさいよ」と年老いた放火犯は警告した。「さもないと爆発してしまいますよ」

「私は人殺しにならないといけないんですか？」

「その何が問題ですか？　シューベルト、図面を見せてあげて」

プティ・ペイザンの秘書はテーブルに近づき、一枚の紙を広げた。

「プティ・ペイザンともグルなんですね」アルヒロコスはぞっとして言った。

「ばかばかしい」ファールクスは言った。「この秘書は買収したんです。この程度の男なら、少しばかりの金ですぐに手に入りますよ」

これは大統領官邸の見取り図です、と秘書は事務的に、図面の上に指を走らせながら説明し始めた。ここに官邸を三方から取り囲む塀があります。正面は四メートルの高さの鉄柵が張りめぐらされています。塀の高さは二メートル三十五センチ。官邸の左手には経済省、右手にはローマ教皇大使館があります。経済省の中庭と塀の角のところに、梯子があります。

その梯子はいつも置いてあるものなんですか、とアルヒロコスは尋ねた。

「今夜そこに置かれるのです。あなたにはそれで充分でしょう」と秘書は答えた。「河岸には車で連れて行ってあげます。あなたは塀を登ったら梯子を引き寄せて、今度はそれを使って降りるんです。塀の向こう側に行ったら、樅の木の陰に隠れなさい。幹の後ろにいて、警備員が通り過ぎるまで待つんです。それから官邸の背面へ行ってください。何段か上ると、小さなドアがあります。鍵がかかっていますが、ここに鍵があります」

「それから?」

「大統領の寝室は二階にあります。小さなドアから入って、正面の階段を上ると見つかります。部屋は奥の方にあります。手榴弾を大統領のベッドに向かって投げてください」

秘書は黙った。

「爆弾を投げた後は?」

「同じ道順で戻ってきてください」と秘書は言った。「警備員は正面玄関から官邸に入ってくるでしょうから、あなたには経済省の中庭を通ってそこから離れるだけの時間があります。経済省の前で私たちの車が待っています」

屋根裏部屋はしんと静まり返り、寒かった。水が流れる音すら止んでいた。汚らしい壁紙の上には弟のビビと七人の子どもたちの写真が掛かっていた。

「で?」ファールクスが沈黙を破った。「この計画をどう思われますか?」

「いやです」アルヒロコスは真っ青になり、身震いするほどぞっとして叫んだ。「いやです!」

老人は煙草を床に落とした。簡素な床(がさがさして、大きな節穴がいくつも開いていた)の上で煙草は煙を出し続けた。

「最初は誰でもそんなふうに叫ぶものです」と彼は言った。「まるで人を殺さなくても世界は変えられるとでも言うように」

アルヒロコスの大声で目を覚ました隣のメイドが屋根裏部屋の壁を叩いた。アルヒロコスは自分がクロエと腕を組み、冬の町を歩いて行く光景を思い浮かべた。川には霧がかかり、大きな影のような船と明かりが見える。路面電車からも車からも人々が挨拶を寄越してくる。若い、美しい、エレガントな男たち。それから彼は、結婚式の参列者を思い浮かべた。金ぴかでダイヤモンドをちりばめ、燕尾服やイブニングドレスを着て、赤い勲章をつけ、金色に輝く日光を浴びて白い顔をしている。陽の光の中を舞う埃の粒。どこもかしこも好意的な微笑みばかり。だが、それは本当にひどい仕打ちだった。彼はもう一度、あの突然訪れた、残酷な認識の瞬間、恥の瞬間を思い出した。それからその後の自分の姿をまざまざと思い浮かべた。エロイーズ礼拝堂を飛び出し、糸杉の間に立ってしばらく躊躇し、それからエーミール・カッペラー通りをジグザグに走り、大声でわめいたり笑ったり歓声を上げたりしている群衆に囲まれている。目の前の道路のアスファルトの上に追跡者の影が巨大に伸びるのが見え、もう一度自分が転んで硬い地面に叩きつけられるのを感じた。血で赤く染まる地面。彼に向けられる石や拳はまるでハンマーのようだ。震えながらうずくまる、知らない建物の廊下にある階段の下。彼の頭上をバタバタと走り去る足音。

「やります」と、彼は言った。

22

アルヒロコスは世界に復讐する決心を固め、ファールクスとふたりのお供に付き添われて、アメリカ製の自動車でケ・タッシーニに向かった。そこからケ・ドゥ・レタ（ここに大統領官邸がある）までは、通りに沿って歩いて十分の道のりだった。二時十五分だった。河岸に人影はなく、半月が聖ルカ大聖堂の向こうに昇っていた。その月明かりを浴びて、川の流れの中にできた氷や、凍りついたツェツィーリエ噴水の奇妙な角や髭の形の氷がほんのりと光った。アルヒロコスは官邸とホテルの影の中を歩き、リッツを通り過ぎた。その前には凍えそうになっているドアマンが立って、あちこち歩き回っていた。それ以外には誰にも会わなかった。時々ファールクスの車が偶然を装って通りかかり、アルヒロコスが命令どおりに事を実行しようとしているかどうかチェックした。車は経済省の前にいる警官のところでも止まって適当なでっち上げの質問をしたので、アルヒロコスは誰にも気づかれることなく中庭に入ることができた。塀のところに梯子があった。彼は屋根裏部屋から持ち出した古い継《つ》ぎだらけのコートのポケットの中に手を入れて爆弾にさわった。梯子を上り、幅の狭い塀の上に座って梯子を引っぱり、塀の向こう側へ置くと、それを伝って下に降りた。彼は固く凍った芝生の上に立ち、秘書に言われたとおり、樅の木の陰に身を潜めた。河岸の方からはまぶしい光が差し込み、どこかで車がクラクションを鳴らした。ひょっとしたらファールクスかもしれなかった。半月が今では、不格好な、ごてごて飾りのつきすぎた大統領官邸（どんな美術の本にも載っており、どんな解説もそろってほめ称えていた）の背後に見えた。月のそばには大きな星が輝いていた。ずっと上の方を飛行機のライトが通り過ぎていった。それから舗装された道を歩く足音が響いた。その足音は官邸の横を過ぎた。アルヒロコスは木の幹に体を押しつけ、地面にまで垂れ下がっている樅の木の枝で身を隠した。ヤニの匂いが彼を包み、尖った葉が彼の顔を引っかいた。歩調をそろえて近づいてきたのはふたりの護衛だった。最初は暗いシルエットとしてしか見えなかったが、着剣した銃を肩にかけ、白い羽飾りが月明かりの中で揺れた。彼らは樅の木の前で立ち止まった。ひとりが枝を銃で持ち上げた。アルヒロコスは息を止め、てっきり見つかったと思って手榴弾を投げそうになったが、彼らはギリシア人には気づかず、先へ進んで行った。彼らは月に明るく照らされて、金色のヘルメットと伝統的な軍服の上につけた胸甲《きょうこう》が光った。彼らは官邸の角を曲がった。アルヒロコスは樅の木から離れると、急いで官邸の裏側に回った。そこは何もかも月の光で明るく照らし出されていた。大きな樅の木、葉がすっかり落ちてしまった枝垂《しだ》れ柳、凍った池、ローマ教皇大使館。ドアはすぐに見つかった。鍵もぴったりはまった。彼はそれを回したが、ドアは開かなかった。中から閂《かんぬき》がかけられているに違いなかった。アルヒロコスはうろたえた。いつ何時、護衛が戻ってくるかわからなかった。彼は裏庭に入り、官邸のファサードを見上げた。裏口の扉はふたつの裸の巨大な大理石像の間にはめ込まれていた。明らかに双子座神話のカストルとポルックスだった。彼らは肩の上に曲線を描いたベランダを担いでいた（彼の推測では、大統領の寝室の前にあるベランダだった）。彼は意を決して登り始めた。暗殺を何が何でも実行するんだという一種半狂乱の状態で、大理石像の腿から腹、胸へと這い上がり、大理石の髭にしがみつき、大理石の耳で体を支え、巨大な頭のところで体を伸ばして、ベランダにたどり着いた。が、それも無駄だった。扉は開けることができず、窓ガラスを割る勇気はなかった。護衛の足音がまた聞こえてきた。彼は冷たいベランダの床に身を伏せた。護衛は最初の時と同じように歩調をそろえて歩き、彼の下を通り過ぎた。ベランダの扉はさまざまな裸の男たちや女たちに取り囲まれていた。実際の人間よりも大きく、間には馬の頭もあった。それらのすべてが月に明るく照らされ、恐ろしくも複雑な姿勢をとって互いに戦い、身体をずたずたに切り裂き合っていた。彼はまだベランダの上に寝転がったままで、そこに描かれているのはアマゾネスの戦いに違いないと確信した。そして、その折り重なる肉体の真ん中に丸い窓の穴がぽっかり開いているのに気づいた。彼は大理石でできた神々の世界のただ中を登っていくことにし、巨大な胸や腿の間に迷い込み、コートのポケットに入った爆弾が爆発しないかと絶えず心配しながら、英雄たちの腹のそばを這い、折ったり無理やり捻じ曲げたりしている背中に沿って進み、一度などは引き抜かれた戦士の剣先にぎりぎりぶら下がり――彼は墜落すると思った――びくびくしながら瀕死のアマゾネスの女の腕にへばりついた。その女の顔は彼のことをやさしく見つめた。その時、下の方では護衛が三度目の巡回に来て、立ち止まった。

アルヒロコスは護衛たちが明るい庭に入ってきて、官邸のファサードを見ているのがわかった。

「誰かがあそこを登って行ったぞ」長いこと様子をうかがった後で、ふたりのうちのひとりが言った。

「どこを?」ともうひとりが尋ねた。

「あそこ」

「いや、あれは神々の影だよ」

「神々じゃない、アマゾネスだよ」

「何だい、そりゃ?」

「乳房がひとつしかない女たちのことさ」

「でもふたつあるじゃないか」

「うかつな彫刻家だったんだろうよ」とひとり目の護衛が言った。「でも、あの上の方に男がひとりへばりついているぞ。降ろしてやろう」

護衛は銃の狙いを定めた。アルヒロコスは身じろぎもしなかった。もうひとりが文句を言った。「おい、銃を撃って地区じゅうの人々を起こすつもりなのか?」

「でも、あそこに男がいる」

「いないよ。そもそもあんなところに登る奴なんかいない」

「そうかもしれん」

「だろ? 行こうぜ!」

ふたりは歩調を合わせ、銃を肩にかけてそこから立ち去った。アルノルフは登り続け、ようやく窓のところにたどり着き、そこから中へもぐりこんだ。そこは三階だった。天井の高い、殺風景なトイレで、開いた窓を通して差し込む月明かりに満たされていた。彼は死ぬほど疲れており、這い上がってきたせいで埃や鳥の糞にまみれていたが、大理石でできた神々の世界から突然打って変わって今の場所にいることで冷静さを取り戻していた。彼は苦しそうに息をした。ドアを開けるとそこは広いロビーで、両側にホールが広々と続いていた。そこも月明かりに照らされていた。柱の間には彫像が置いてあった。幅の広い、カーブを描いた階段はうっすらとしか見えなかった。彼は用心深く歩いて二階に降り、秘書が話していた廊下に出た。河岸の側にある背の高い窓からこっそりのぞいて見ると、町の明かりがまぶしくて目がくらみ、ぎょっとなった。下の中庭では警備解散式が行なわれていた。厳粛な儀式で、敬礼したり、かかとを打ち鳴らしたり、直立不動の姿勢をとったり、膝を曲げずに足を高く上げて歩いたりした。彼は滑るようにして暗闇に戻った。廊下の奥にある寝室のドアに忍び寄り、右手に手榴弾を握ってドアを静かに開けた。ベランダ側にある背の高い扉からはほの明るい月明りが差し込んでいた。それは、彼が外から開けようとした扉だった。彼はベッドの様子をうかがって手榴弾を投げるために部屋の中に足を踏み入れた。ところが、その部屋にはベッドはなく、眠っている大統領もいなかった。ただ、食器の入ったかごが置いてあるだけだった。その他には何もなかった。言われたこととは大違いだった。アナーキストも時には間違うらしかった。彼は狼狽して引き返し、狙った獲物を懲りずに探し始めた。彼は爆弾を投げる用意をして三階に上がり、さらに四階に上がって行った。豪華な広間や国家行事のための広間、会議室、廊下、小さなサロンをさまよい歩き、カバーのかかったタイプライターが何台か置いてあるオフィスや絵画室に入り込んだ。古い甲冑や大砲の筒が収蔵され、旗が飾られた武器室に迷い込んだ時には、矛槍で袖を切り裂いてしまった。ついに五階までやって来て、大理石の壁づたいに用心深く進んだ時、壁に光が反射した。誰かが明かりをつけたに違いなかった。彼は勇気を奮い起こして先に進んだ。手榴弾のおかげで、自分には力があると感じることができた。彼は廊下に足を踏み入れた。疲れは消えていた。彼は廊下に沿って様子をうかがった。廊下の奥には扉がひとつあり、半開きになっていた。その部屋に明かりがともっていた。彼は柔らかい絨毯の上を急いだ。けれども、扉を勢いよく開けて手榴弾を持った手を高く掲げた時、目の前に寝巻を着た大統領がびっくりした様子で立っていたので、アルヒロコスは爆弾をコートのポケットにあわてて隠した。

23

「すみません」と暗殺者はどもりながら言った。

「これはこれは、アルヒロコスさんじゃありませんか」とうれしそうに大統領は言って、戸惑っているギリシア人の手を握った。「ずっとお待ちしていたのですよ、晩の間じゅうずっと。そうしたら偶然にも窓から、あなたが塀を登ってくるのが見えたんです。いい考えでしたね。うちの護衛はうるさいですからね。奴らは決してあなたを中に入れなかったでしょうよ。でも、あなたはいらっしゃった。すごくうれしいですよ。どうやって中に入ったんです？　召使を迎えにやろうと思っていたところだったのですが。一週間ほど前から五階で暮らしているんです。二階よりもここの方が快適でしてね。でももちろん、エレベーターがいつも動いてくれるとは限らなくて」

裏の入口に鍵がかかっていなかったのだ、とアルヒロコスはどもりながら言った。彼はちょうどよいタイミングを失ってしまい、狙った獲物にあまりにも近寄りすぎていた。

「それは好都合でしたね」大統領はうれしそうに言った。「うちの召使は、ものすごく年をとっているルートヴィヒなんですが、私はルーデヴィヒと呼んでいるんです。私なんかよりずっと大統領らしく見える奴でね。彼がちょっとした食事の用意をしてくれましてね」

「どうぞ」とアルヒロコスは赤くなって言った。お邪魔するつもりはありませんので。

全然邪魔なんかじゃありませんよ、と高齢の尖ったあご鬚の紳士はうれしそうに断言した。

「私くらいの年齢になるともうそんなに長くは寝ていられなくて。足は冷えるし、リューマチが痛むし、プライベートな心配事や大統領としての心配事があったりするものですから。特に今の世の中、国同士が衝突する傾向にありますからね。それで私はひとりでこの官邸で長い夜を過ごすのに、よく軽い食事をとるんですよ。ありがたいことに、去年セントラルヒーティングになりましたし」

「ほんとに暖かくて気持ちがいいですね」とアルヒロコスは言った。

「でもまあ、いったいなんて格好をなさってるんです?」大統領は訝《いぶか》しそうに言った。「埃だらけじゃありませんか。ルーデヴィヒ、ちょっとブラシをかけてあげて」

「失礼いたします」と召使は言い、暗殺者からファサードの埃と鳥の糞を払い落とした。アルヒロコスはあえて抵抗しなかったが、ブラシのせいでコートのポケットに入れた爆弾が爆発するのではないかとはらはらした。それで、召使がコートを脱がせてくれた時にはほっとした。

「サン・ペール大通りの執事に似ていますね」とアルヒロコスは言った。

「異母兄弟でして」と召使は言った。「むこうが二十歳年下です」

「いろいろ話すことがあると思うんですがね」と大統領は、自分を殺そうとしている男を明るく照明のついた廊下に案内しながら言った。

彼らは河岸に面した小さな部屋に入った。キャンドルが明るくともり、窓のあるニッチに置かれた小さなテーブルの上には、高価な食器ときらきら光るグラスが白いリネンのテーブルクロスの上に用意されていた。

「絞め殺してやろう」とアルヒロコスは頑固に考えた。「それがいちばん簡単だから」

「さあ、座りましょう」と、礼儀正しい高齢の大統領はアルノルフの腕に軽く触れながら言った。「もしそうしたければ、ここからは中庭の様子をこっそり見ることができますよ。下にいる、あの白い羽飾りをつけた護衛たちが見えるんです。彼らは誰かが私のところに押し入ったことを知ったら、びっくり仰天するでしょうね。梯子を使うというアイデアはすばらしくて、私もときどき梯子を使って塀に登ったりしますから、よけいにうれしいですよ。あなたと同じように真夜中にね。でもこれはここだけの話。年老いた大統領も時にはそういう手段を使わないといけないんです。人生には紳士にとっては大切だけれど、報道機関の人たちには関係のない事柄というものがありますからね。ルーデヴィヒ、シャンパンを頼むよ」

「ありがとうございます」とアルヒロコスは言った。「でも、大統領のことは殺してやる」と彼は思った。

「それにチキン」と老人はうれしそうに言った。「これを私たちは、つまりルーデヴィヒと私は、いつも台所に用意しているんです。夜中の三時のシャンパンとチキン。とてもまともだ。塀を登って、あなたもおなかがすいたのではないかと思いますが」

「ええ、少し」とアルヒロコスは正直に言って、ファサードをよじ登ったことを思い出した。召使は見ているこちらが心配になるほど震えながらも、威厳をもって給仕した。

「ルーデヴィヒが震えるのは気になさらないで」と大統領は言った。「彼は私の前に、六人もの大統領に仕えたのですから」

アルノルフはナプキンで眼鏡を拭いた。爆弾の方が楽だったのにな、と彼は思った。彼はいまだにどういう行動に出ればいいのかわからなかった。うまく「失礼します」と言って、首を絞めることができなかったのである。護衛を呼ぶだろうから、召使も殺さなければならないだろうが、そのせいで計画が複雑になった。それで彼は食べたり飲んだりした。最初のうちは新しい状況に慣れるための時間稼ぎだったが、そのうちにそうすることが気に入ってきた。この威厳のある老人が気持ちよかったのだ。まるで、何でも告白できる父親のところにいるような気がしてきた。

チキンがすばらしくおいしい、と大統領はほめた。

「本当に」とアルヒロコスも賛成した。

「シャンパンも悪くない」

「こんなにおいしいものがあるなんて、これまで思ってもみませんでした」とアルヒロコスは正直に言った。

「食べたり飲んだりしながらおしゃべりをして、お互いから逃げないようにしましょう。そろそろあなたの美しいクロエの話をしましょうか。そもそも彼女のことであなたは混乱したのだから」と老人は促した。

「私は今日、エロイーズ礼拝堂でとてもショックを受けたんです」とアルヒロコスは言った。

「突然、真実を知ったものですから」

「私もだいたいそんな印象を受けましたよ」と大統領も認めた。

「あなたが勲章を全部つけて教会に座っておられるのを見て」とアルノルフは白状した。「突然、悟ったんです。あなたが結婚式に来られたのは、ひとえにあなたがクロエと——」

「あなたは私のことをとても尊敬しておられますよね？」老人は尋ねた。

「私の理想でした。あなたのことを厳しい禁酒主義者だと思っていたのです」とはにかみながらアルヒロコスは言った。

「マスコミのせいでそういうことになってしまった」大統領は文句を言った。「というのも、政府はアルコール中毒と闘わなければならなかったからです。それで、写真を撮る時は、いつも手にミルクの入ったコップを持たされた」

「道徳的な面でも非常に厳格だということになっていましたが」

「婦人連合がそう考えているだけですよ。あなたは禁酒家ですか？」

「ベジタリアンでもあります」

「今はシャンパンを飲み、チキンを食べていますよね？」

「私にはもう何の理想もありません」

「それはお気の毒に」

「みんな偽善者だ」

「クロエも?」

「クロエが何者か、よくご存じでしょう」

「真実は」肉をすっかりかじりとったチキンの骨を脇に置き、ふたりの間に置いてあったキャンドル・スタンドをすこし横にずらして、大統領は言った。「真実はいつも気恥ずかしいものです、それが明るみに出てしまうと。女性の場合のみならず、すべての人々にとってそうなのです。特に国に関係する時にはね。私は時々、この官邸から飛び出したい気に駆られます——建物自体がひどいものだ——ちょうどあなたがエロイーズ礼拝堂から飛び出したように。でも結局、私には勇気がなくて、せいぜい密かに塀に登る程度なんです。私は関係者の誰一人として弁護する気はありませんよ」と彼は続けた。「いちばん弁護する気がないのは自分自身のことです。これはそもそも礼儀にかなったやり方で話すのがとてもむずかしい分野で、どうしても話さないといけないなら、今みたいに夜、ふたりきりで話すべきことです。なぜならば、何を話しても見解と道徳性が入り込んでくるからです。本当はそんなこと関係ないのに。そして、徳と情熱と人間の過ちはものすごく近いところにあるので、尊敬と愛だけがあるべきところに、あっという間に軽蔑や憎しみが生まれてくるのです。だから、あなたにはひとつのことだけを申し上げておきましょう。もしも私がうらやましいと思うような人間が存在するとすれば、それはあなたです。そして、もし私が怖れる人間が存在するとすれば、それもあなたです——私はクロエのことを多くの人々と共有してきました」しばらく口を閉ざした後、大統領はビーダーマイヤー様式の肘掛け椅子にもたれ、アルヒロコスをほとんどやさしいと言ってもいいような口調で諭した。「彼女は原初の闇の帝国の女王だったのです。彼女は高級娼婦でした。この町でいちばん有名な高級娼婦です。私はこの点を美化しようとは思いません。そうするには、私は年をとりすぎています。彼女が私に愛を贈ってくれたことに私は感謝していますし、彼女ほど大きな感謝の気持ちで思い出す人は他にはいません。今、彼女は私たちみんなに背を向け、あなたのもとへ行ってしまいました。だから、彼女にとっての喜びの日は、私たちにとっては別れと感謝の祭日だったのです」

高齢の大統領は口をつぐみ、手入れの行き届いたあご鬚をまるで夢想にふけっているかのようになでた。召使はシャンパンを注いだ。外からは護衛たちの軍隊式の命令や、膝を曲げずに足を高く上げて歩く足音が聞こえた。アルヒロコスも肘掛け椅子にもたれ、意外な気持ちでコートのポケットの中にある、今やもうまったく用無しになってしまった爆弾のことを思った。窓に掛かったカーテンの間からのぞいて見ると、ファールクスの車が経済省の前で待っているのが見えた。

「あなたに関して言うならばね」と、しばらくしてから大統領は静かな声で言った。彼は召使が差し出した小さな、白っぽい色の葉巻に火をつけた（アルヒロコスも吸った）。「あなたの激しい感情は、私にもよく理解できますよ。あなたの立場に立たされたら、どんな男性だって侮辱されたと感じるでしょうからね。けれどもそのまったく自然な感情こそ、闘うにふさわしいものなのですよ。なぜならば、その感情は災厄を招いてしまうものなのですから。私にはあなたを助けてあげることはできません。助けることは誰にもできないでしょう。私にできることは、誰も否定できない事実をあなたが克服するよう願うことだけです。その事実は、クロエがあなたに捧げる愛を信じる力をあなたが持った時に威力を失い、無意味なものになるのです。あなた方ふたりの間に起きた奇跡は愛によってのみ可能になり、信頼するに足るものとなるのです。この愛がないところでは、それは茶番になってしまいます。ですから、あなたは危険な深淵の上に架けられた狭い橋を渡って行きなさい。もしもその橋がパラダイスへと通じるものならば。そういう表現をどこかで読んだことがありますよ。さあ、もう少しチキンを召し上がれ」と、彼は計画を実行に移せなかった殺人犯に向かって言った。「ほんとうにおいしいし、いつもなんだか慰められるんですよ」アルヒロコスは座ったままキャンドルに照らされながら、その部屋の快適な暖かさにどっぷりと浸かっていた。壁には重そうな金の額縁にはまった、まじめな顔つきの、とっくの昔に死んでしまった政治家や英雄たちの肖像画が掛けてあった。彼らはいわばあの世からアルヒロコスのことを心配そうに、よそよそしく、崇高な様子で見ていた。普段は感じたことのない安らかな気持ちが彼の心に生まれた。わけのわからない明るい気持ちだった。それは大統領の言葉だけで起きたのではなく——もちろん立派な言葉ではあったが——その親切で、父親のような、礼儀正しい話し方のおかげでもあった。

「あなたは恩寵を受けているのですよ」と老紳士は言った。「この恩寵には理由がふたつ考えられますが、どちらになるかは実はあなた次第なんですよ。ひとつは愛、もしもそれをあなたが信じるとするならば。あるいは悪、もしもあなたが愛を信じないとするならば。愛はいつでも出現可能な奇跡です。悪はいつもそこにある事実です。正義は悪をこらしめ、希望は悪をよいものにしようとし、愛は悪に目をつぶる。愛だけが恩寵をそのまま受け取ることを可能にするのです。それは最も困難なことです。それは私も知っています。世界は悲惨で無意味だ。このすべての無意味なものの背後に、このすべての悲惨なものの背後に意味があるのだ、という希望は、それでもなお愛する人だけを守ることができるのです」

大統領は話し終えた。アルヒロコスはここで初めて、恐怖や嫌悪感を抱かずにもう一度クロエのことを考えることができるようになった。

24

キャンドルがすっかり燃え尽きた時、大統領はアルヒロコスがもう用無しになった爆弾入りのコートを着るのに手を貸してやり、エレベーターがちょうど動かなくなっていたので、正面玄関まで見送ってくれた。ルーデヴィヒをうんざりさせたくはないですからね、と彼は説明した。ルーデヴィヒは主人の肘掛け椅子の横にまっすぐ正しい姿勢で立ったまま眠り込んでいたのである。まったく芸術的ですよ、と老紳士は言った。事情はどうあれ評価に値します。それでふたりは人《ひと》気《け》のない大統領官邸の中を通り抜け、幅の広いカーブを描いた階段を下りて、階下へ向かった。アルヒロコスは慰められ、この世界に満足し、クロエに会いたいと思った。大統領はまるで博物館の館長のように、あちこちの広間に明かりをともして、必要なことをあれこれと説明した。たとえば、壮大で豪華な広間を指し示しながら、ここは謁見の間です、と彼は言った。あるいは月に二度、総理大臣が提出してくる免職状を受け取るのもここです。こちらのこの親密な感じのサロンにはたぶん本物と思われるラファエロが掛けてありますが、私はここでイギリス女王と王配殿下のおふたりと一緒にお茶を飲んだんですよ。王配殿下が海軍の話を始めた時、私はほとんど眠りそうになりましてね。海軍の話ほど退屈なものはないですから。でも、儀典課長がうまくやってくれたおかげで、不幸な出来事は起こらずにすみました。つまり、儀典課長は決定的瞬間に私を起こしてくれて、海軍にふさわしい答えをそっと教えてくれたんです。それ以外の点では、ふたりはとても感じがよかったですよ、あのイギリス人は。それから彼らは別れを告げた。率直に話し合った友人同士として、ふたりの間には講和が成立していた。正面玄関で老人はもう一度にっこりして、快活に手を振った。アルヒロコスは後ろを振り返って見た。官邸は寒い夜空にそびえたっていた。陰鬱で、まるで曲線的な飾りのついた巨大なたんすのようだった。半月はもう見えなかった。彼は敬礼している護衛の間を通り抜け、ケ・ドゥ・レタに出た。けれどもそこで向きを変えて、ローマ教皇大使館とスイス公使館の間のエッター小路に入った。経済省の方からファールクスの車が轟音とともに走ってくるのが見えたからである。そこからシュテービ通りに出て、ピッファー・バーの前でタクシーを拾った。ファールクスにはもう会いたくなかった。それから彼は、ただクロエを腕に抱くことだけを考えて、庭を走り抜けた。ロココ様式の小さい城には明かりが煌々とともされていた。乱暴な歌声が彼の方に聞こえてきた。玄関の扉は開いており、葉巻とパイプの煙が分厚い黄色のかたまりになって、もうもうと立ち込めていた。弟のビビとその子どもたちが建物全体を占拠していたのだ。ならず者の一群が酔っぱらい、まわらぬ口でわめきちらしながら、引きちぎったカーテンにくるまって、ソファーの上や机の下など、至る所に座ったり寝そべったりしていた。町じゅうの浮浪者や売春婦のヒモ、男娼が集まっていた。ベッドの中には金切り声を上げる女たちがいて、むき出しの胸が白く光った。台所には不遜の輩が何人も座り込んで、食料貯蔵室や地下室にしまってあったものをピチャピチャ、クチャクチャすっかり食い散らかし、飲み干してしまっていた。マテウスとゼバスティアンは二本の木製の義足を使って食堂でホッケーをしており、廊下では大尉のおじさんがおかあちゃんを相手にナイフ投げの練習をしていた。一方、ジャン・クリストフとジャン・ダニエルは義眼でビー玉遊びをし、テオフィルとゴットリープは膝の上に娼婦を載せて、階段の手すりを滑り降りていた。アルノルフは嫌な予感に苛《さいな》まれながら上の階へと駆け上がり、いまだに熱を出したままベッドに寝ているナーデルエアの横を通り過ぎ、ブードゥワールを駆け抜けた。浴室からは男たちの歌声と水のパチャパチャいう音とマグダ・マリアのけたたましい声が聞こえてきた。アルヒロコスが寝室に飛び込んだ時、ベッドには弟のビビと(裸の)愛人がいた。クロエはどこを探しても、どこを調べても、どこを嗅ぎまわっても見つからなかった。

「クロエはどこだ？」

「なんだよぉ、兄貴」とビビは葉巻をふかしながら咎めるように言った。「寝室に入る時はノックをしなよ」

ビビはそれ以上しゃべることができなかった。彼の兄はすっかり人が変わったようになった。城に駆け込んで来た時はこの上なくやさしい気持ちと、クロエへの愛情とあこがれでいっぱいになっていたのだが、それが今度は憤怒に変わったのだ。この一家を長年養ってきたことのばかばかしさ、自分の城を占領しているこいつらの厚かましさ、それに自分のせいでクロエを失ってしまったのではないかという不安がアルヒロコスを暴君へと変貌させたのである。彼はパサップの予言どおり、ギリシアの軍神アレスになった。彼はパサップが作ったワイヤー製の彫像を取ると、葉巻を吸いながら兄の夫婦用ベッドで愛人とともにふんぞり返っているビビに殴りかかった。ビビは悲鳴を上げて飛び上がり、アッパーカットをくらってドアの方によろめいたが、そこでアルノルフからもう一度叩きのめされた。次は愛人の番だった。女の髪をつかんで廊下に引きずり出すと、ビビの叫び声で危険を察知して駆けつけてきた大尉めがけて投げ飛ばしたので、女と大尉はふたりとも階段を転げ落ちていった。すべてのドアからけんか師や売春婦のヒモやその他のならず者が飛び出して、彼に襲いかかった。テオフィルやゴットリープのようなビビの家族もいれば（彼はふたりとも螺旋《らせん》階段から突き落とした）、ナーデルエアもおり（ルネサンス様式のベッドごとそれに続いた）、ゼバスティアンやマテウス（ぶちのめされた）もいた。彼はマグダ・マリアとその彼氏（中国人）を裸のまま、ガラスを叩き破って窓から下の庭へ投げ飛ばした。見たこともない連中もいた。義肢が空中でピューッと音を立て、椅子の脚が飛び、血が飛び散り、売春婦が逃げ出した。おかあちゃんは気絶し、男娼や贋金造りも首をすくめ、恐怖のあまりネズミのようにピーピー泣きながら急いでずらかった。アルヒロコスは自分の周りにいる者を叩きのめし、首を絞め、引っかき、押し倒し、床に投げ飛ばし、頭を割り、額を打ち合わせ、娼婦のひとりを強姦した。木製の義足や拳 鍔《ブラスナックル》、ゴムの棍棒やびんが彼に向かって投げつけられたが、彼は何度でも立ち上がり、身を振り払った。口から泡を吹くほど激昂し、ガラスの破片まみれになって、丸いテーブルを盾に、花びんや椅子や油絵やジャン・クリストフとジャン・ダニエルを砲弾代わりにしながら彼は前へ進み、すべてのものを踏みにじってずたずたにし、罵詈雑言を撒き散らして、人殺しの一味を自分の家から追い出した。家の中は壁紙が破れて垂れ下がり、氷のように冷たい隙間風に吹かれてはためいた。その風の中で煙草の煙も徐々に消えてなくなった。悲鳴を上げているならず者の一群に向かって彼はさらに手榴弾を投げつけたので、夜がしらじらと明けてきたのと相俟《あいま》って、庭が明るく輝いた。

それから彼はしばらくめちゃめちゃに壊された城の玄関の前に佇んで、昇ってきた朝日を見つめていた。朝日は庭の楡や樅の木の向こう側で銀色に光っていた。暖かい風がビューッと吹きつけ、木々を鞭のように打って揺らした。雪解けの陽気になったのだ。屋根の上の雪が解け、水が雨樋《あまどい》をザーザー流れた。すべてのものからしずくが垂れた。巨大な雲のかたまりが中に何かを含んでいるように重苦しく、家々の屋根と庭の上を通り過ぎた。霧雨が薄いベールのように降った。打ちひしがれ、必要最小限のものだけ身につけたナーデルエアが、震えながら足を引きずって彼のそばを通り過ぎ、濡れた朝の中へと去って行った。

「キリスト教徒なのに」

アルヒロコスは見向きもしなかった。彼は腫れた目でぼんやりと前を見ていた。血が乾いてかさぶたのようになり、結婚式用の燕尾服はずたずたに裂け、裏地が破れて垂れ下がっていた。眼鏡はもうなかった。

終わりI（貸本屋のための「終わり」に続く）

24 a

彼はそれからクロエを探し始めた。

「あらまあ、アルノルフさん」彼がカウンターの前に立ち、ペルノーを注文した時、ジョルジェットは大声を上げた。「いったい何事ですか」

「クロエが見つからないんです」

店は満員で、オーギュストが接客していた。アルヒロコスはペルノーを飲み干すと、もう一杯、と言った。

「どこもかしこも探しましたか?」とマダム・ビーラーは尋ねた。

「パサップのところも、司教のところも、どこもかしこも」

「今に姿を現わしますよ」とジョルジェットは慰めた。「女の人っていうものはそんなにすぐにいなくなるものじゃないし、思いがけないところで見つかるものですよ」

そう言って彼女は彼に三杯目のペルノーを注いでやった。

「やっとのことで」とオーギュストがほっとして自転車競技ファンたちに言った。「あいつも飲むようになった」

アルヒロコスは探し続けた。修道院やペンションや売春宿にも押しかけたが、クロエはいなかった。彼は空っぽの城の中や誰もいない庭をさまよい歩き、濡れた木の葉の中で立ち尽くした。木々だけがざわめき、雲が屋根の上を流れていった。彼はホームシックになり、ギリシアへのあこがれを感じた。赤い岸壁や薄暗い聖域の森やペロポネソス半島が恋しかった。

二時間後、彼は船に乗っていた。ファールクスの一味を乗せた車は、煙突から立ちのぼる煙に包まれ、汽笛を鳴らしながら霧の中を滑るように進むユーリア号に向かって何発か銃弾を放った。それは離反した暗殺者に向けたものだったが、疲れたようにはためいている緑と金色の国旗に穴を開けただけだった。


ユーリア号にはウィーマン夫妻が乗っていた。ある日の午後、彼が夫妻の前に現われると、ふたりは彼のことを心配そうに見た。

地中海だった。甲板の上には陽光が降り注ぎ、至る所にデッキチェアが置かれていた。アルヒロコスは言った。

「何度かお話しする名誉に浴しています」

「ウェル」とミスター・ウィーマンはうなった。

アルノルフは詫び、誤解だったのだ、と言った。

「イエス」とミスター・ウィーマンは言った。

それからアルヒロコスは、自分の故郷での発掘を手伝わせていただけないでしょうか、と頼んだ。

「ウェル」とミスター・ウィーマンは答え、古代研究の専門誌を閉じた。それから、短いパイプを詰めて言った。「イエス――」

こうして彼はギリシアで古代文化遺産の発掘をすることになった。ペロポネソス半島にある一地方だった。その地方は、彼が故郷を想う時にイメージしたものとは全然違っていた。彼は容赦なく照りつける太陽のもと、シャベルで掘った。石ころ、蛇、サソリ。ねじくれたオリーブの木が何本か、地平線から空に向かって生えていた。低いはげ山、涸れた泉。ちょっとした茂みさえなかった。彼の頭の上を禿鷹が輪を描きながら飛んでいた。しつこくて、追い払うこともできなかった。彼はもう何週間も、ある丘の斜面を汗びっしょりになってほじくり返していた。その丘を彼はだんだん空洞にしていった。砂がようやく掘り出したみすぼらしい廃墟の形になってきた。砂は太陽に焼けて熱くなり、彼の爪の下に入り込み、目の炎症を引き起こした。ミスター・ウィーマンは、発掘したのはゼウスの神殿だと思いたがっていたし、ミセス・ウィーマンの方はアフロディーテの礼拝所だと考えていた。ふたりの罵り合いは何マイルも先まで聞こえた。他のギリシア人たちはとっくの昔にどこかに姿をくらましていた。蚊がブーンと羽音を立て、顔じゅうがハエだらけになった。ハエは目にまでたかった。黄昏になり、遠くでラバがけたたましく、嘆くように鳴いた。夜は寒かった。アルヒロコスは発掘現場の隣に張ったテントで寝泊まりし、ウィーマン夫妻は十キロ離れたその地方の中心都市にあるみすぼらしい住居を使っていた。夜行性の鳥がテントの周りを飛び回った。コウモリだった。すぐ近くで見知らぬ獣が吠えた。ひょっとしたら狼かもしれなかった。それからまた静かになった。彼は眠り込んだ。明け方、彼はひそやかな足音を聞いたような気がしたが、眠り続けた。太陽が真っ赤に燃え、何の役にも立たないはげ山の方から彼のテントに照りつけた時、彼は起き上がった。彼は誰もいない仕事場、つまり廃墟の方へよろよろと歩いて行った。まだ寒かった。頭上の高い所でまた禿鷹が旋回していた。廃墟の中はまだ真っ暗と言ってよかった。足腰が痛んだ。彼は仕事にとりかかろうとシャベルを当てた。目の前には長細く砂の山が築かれ、薄暗がりの中でほのかに光って見えた。慎重に突き刺した最初のひと振りで、彼はもうシャベルの先に何かが当たったのを感じた。愛の女神かゼウスだな、と彼は考え、考古学者夫妻のどちらが正しかったのか知りたくてうずうずした。彼は両手を使って掘り、砂を掻き出した。出てきたのはクロエだった。

彼はほとんど息ができず、愛する人をじっと見つめた。

「クロエ」と彼は叫んだ。「クロエ、いったいどうやってここに来たんだい？」

彼女は眼を開いたが、まだ砂の中に横たわっていた。

「簡単よ」と彼女は言った。「あなたの後をつけてきたの。だって切符は二枚あったでしょう」

それから彼らは廃墟の上に座って、ギリシアの風景を眺めた。低いはげ山、その上にはぎらぎらと輝く太陽、遠くに見えるねじ曲がったオリーブの木、地平線に白く光って見えるこの地方の中心都市。

「これが故郷よ」と彼女は言った。「あなたとわたしの」

「いったいどこにいたんだい？」と彼は尋ねた。「町じゅうあらゆる場所を探したんだよ」

「ジョルジェットのところ。彼女の家の上の階にいさせてもらったの」

遠くでふたつの点が動くのが見え、だんだん近づいてきた。ウィーマン夫妻だった。

それから彼女は彼に向かって愛について語った。それはかつてディオティマがソクラテスにしたのと少し似ていた（もちろんディオティマほど深い意味を込めることはできなかったけれども。クロエ・サロニキはギリシア人商人の子だったのでディオティマよりも品がなかったし、実務的だった――これで彼女の出自についても語ったことになるだろう）。

「ねえ」と彼女は言った。風が彼女の髪をもてあそび、太陽はどんどん空高く昇り、イギリス人たちはラバに乗ってどんどん近づいてきた。「私が何者だったか、あなたはもう知っている。私たちの間のこともはっきりしたわ。私はすべての堅気の職業と同じく、ハードな自分の職業にうんざりしていた。でも、悲しい気持ちでもあったのよ。私は愛にあこがれ、誰かの面倒をみることにあこがれていたの。誰かがうれしい時にだけそばにいるのではなく、苦しんでいる時にもそばにいたいと思った。そして、私のお城の周りを冬らしく、暗く霧が取り巻き、それが何週間も続いたある朝、私は『ル・ソワール』にギリシア人男性、ギリシア人女性を求むという広告が

5 プラトンの『饗宴』において言及される女性で、ソクラテスに愛について教えたとされる。

出ているのを見て、このギリシア人男性を愛そう、他の誰でもなくこの人だけを愛そうと決めたの。どんなことが起きようと、その人がどんな人であろうとも。それで私はあなたのところに行ったのよ。あの日曜日の朝、十時にバラの花を持って。私は自分を別な風に見せるつもりはなかったから、いちばんいい服を着て行ったの。ありのままのあなたを受け入れるつもりだったから、あなたもありのままの私を受け入れるべきだと思った。そしてあなたが途方に暮れて、どうしたらよいのかわからない様子でテーブルに向かい、湯気を立てているミルクを前に置いて眼鏡を拭いているのを見た時、私はあなたを愛するようになっていたの。でも、あなたは世の中のことをまるで知らないものだから、私のことをまだ生娘だと思っていて、ジョルジェットと彼女のご主人のようには私の職業を言い当てることができなかった。それで、私にはあなたの夢を壊すのがはばかられたの。あなたのことを失うんじゃないかと思って、怖かったのよ。でも、そのためにすべてがどんどん悪い方へ進んでしまった。あなたの愛を笑いものにしてしまったし、エロイーズ礼拝堂であなたが真実を悟った時には、あなたの世界とともに愛も壊れてしまったわ。でも、それでよかったのよ。あなたは真実を知ることなしに私を愛することはできなかったし、私たちを危うく破滅させかけた真実よりも強いのは愛だけなのですもの。あなたの盲目の愛は、ちゃんと目の見える愛のために壊されなければならなかったのよ。そういう愛だけが価値のあるものなのですもの」

24
b

しかし、クロエとアルヒロコスが帰るまでにはまだしばらく時間がかかった。国が崩壊したからである。二重あごの下にクレムリン勲章をぶら下げたファールクスが権力の座につき、夜空は赤く染まった。至る所に旗が立てられ、至る所で「ヤンキー、ゴー・ホーム」というシュプレヒコールが叫ばれ、至る所に横断幕が張られ、至る所にレーニンと、ぎりぎり失脚を免れたロシアの総理大臣の巨大な肖像が掲げられた。けれども、クレムリンは遠くドルは必要で、自らの権力も魅惑的だった。ファールクスは西側陣営につき、秘密警察長官（プティ・ペイザンの秘書）を縛り首にし、ケ・ドゥ・レタにある官邸に悠然と居を構えた。官邸は前任者の時と同じ、金色のヘルメットをかぶって白い羽根飾りをつけた護衛に守られており、ファールクスは丁寧に赤い髪を整え、口髭をカットした。彼は締め付けを緩和し、彼の世界観は色あせ、晴れた復活祭の日には聖ルカ大聖堂を訪れた。ブルジョワ的な秩序が回復したが、クロエとアルヒロコスにはなかなかしっくりこなかった。彼らはなおもしばらくの間、あれこれと試してみた。彼らは小さい城の一部をペンションにした。人気のなくなったパサップが部屋を借りた（芸術の分野ではファールクスは社会主義的リアリズムを固持していたのだ）。同じく落ちぶれていたメートル・デュトール、罷免されたエルキュール・ヴァーグナー学長とその巨大な奥方、失脚した大統領（礼儀正しく、物事の成り行きを見守っていた）、それにプティ・ペイザン（ゴムと潤滑油のトラストに手を出したのが運の尽きだった）も引っ越してきて、家事を片付けた。落ちぶれた人々の集まりだった。そこにいないのは司教だけだった。彼は〈最後から二番目のキリスト者の新長老会派〉に宗旨替えしたのだ。この年金生活者たちはミルクを飲み、日曜日にはペリエを飲んで、静かに暮らした。夏になると庭の木々の下でぼんやり過ごし、穏やかな世界にすっかり引きこもってしまった。アルヒロコスはびっくり仰天し、弟のところに行ってみた。ビビはおかあちゃんと大尉のおじさんと子どもたちと一緒に菜園を営んでいた。殴り合ったおかげで奇跡が起きたのである（マテウスは教員資格試験に合格し、マグダ・マリアは幼稚園の先生になる試験に合格し、その他の子どもたちは工場で働いたり、救世軍で働いたりしていた）。彼は弟のところに長くはいなかった。そこの実直な雰囲気やパイプをふかしている大尉や編み物をしているおかあちゃんは、今やアルヒロコスに代わって週に四回エロイーズ礼拝堂に通っているビビともども、アルヒロコスを退屈させたのである。

「顔色が悪いですよ、ムッシュ・アルノルフ」彼がカウンターの前に姿を現わすと、ジョルジェットは言った（彼女の背後に並んだ火酒やリキュールのびんの上には、エーデルワイスの額縁にはいったファールクスの肖像が掛かっていた）。「心配事でもあるんですか？」

彼女は彼にペルノーを一杯差し出した。

「みんなミルクを飲んでいる」と彼はうなった。「自転車競技ファンも、今ではあなたのご主人までもが」

「私たちのような者がなんだって言うんです」とオーギュストが言った。いまだにマイヨ・ジョーヌを着てすね毛のきらめく脚をマッサージしていた。「政府は新たにアンチ・アルコール・キャンペーンをやることに決めたんですよ。それに私はなんてったってスポーツ選手なんですから」

アルヒロコスはジョルジェットがペリエのびんを開けたのに気がついた。

「彼女もか」と彼は心を締めつけられながら思った。そして、赤い天蓋付きベッドの中でクロエの横に寝そべりながら、彼は言った。暖炉では薪が燃えていた。「満足そうに暮らしているお年寄りの年金生活者たちがいるうちの小さなお城はすばらしい。不満を言うつもりはないよ。でも、今ぼくたちが生きているこの品行方正な世界が不気味に思えるんだ。まるでぼくが世界を改宗させ、世界の方もぼくを改宗させて、結局のところ何も変わらないことになってしまって、すべてが無駄になってしまったみたいに思えるんだよ」

クロエは体をまっすぐ起こした。

「私はあの廃墟のことを思い出すの、いつもいつも、あの私たちの故郷にある廃墟を」と彼女は言った。「私はあなたを驚かせようと思って砂をかぶっていた。あの薄暗い朝、そうやって横になっていると、廃墟の上を禿鷹が旋回していて、私はそれをじっと見ていたの。その時、私の体の下に何か固いものがあるのを感じたわ。石でできているような、ふたつの大きな半球だったわ」

「愛の女神だ」とアルヒロコスは叫んで、ベッドから飛び起きた。クロエもベッドから出てきた。

「愛の女神を探すことをやめてはいけないのよ」と彼女はささやいた。「さもないと、私たちは彼女に見放されてしまうわ」

彼らは音を立てずに服を着て、トランクに荷物を詰めた。次の日の朝、十一時頃にソフィーが何度もドアをノックした挙句、心配している年金生活者たちに付き添われて寝室に入ってみると、そこには誰もいなかった。

終わりII

訳者あとがき

『ギリシア人男性、ギリシア人女性を求む』の作者フリードリヒ・デュレンマット（一九二一－一九九〇）は、ドイツ語圏スイスの二十世紀文学を代表する劇作家である。まだ三十代の若さで、ドイツの著名な批評家・学者のヴァルター・イェンスから、「あの無比の存在だったブレヒトの死後、ドイツ語圏で最も優れた劇作家」という称賛を得たデュレンマットは、特に一九五〇年代から六〇年代にかけて発表した作品によって一世を風靡し、その名声を確立した。その主要な戯曲は、さまざまな言語に翻訳されて世界各地で上演され、スイスをはじめとするドイツ語圏の国々ではいまなお定番の演目となっている。

デュレンマットは一九二一年一月五日、ベルン州エメンタール地方の小さな田舎町コノルフィンゲンに、プロテスタント牧師の息子として生まれた。十四歳のときに父親の転勤で首都ベルンに引っ越し、一九四一年にギムナジウムを卒業した後、ベルン大学とチューリヒ大学で哲学、ドイツ文学、芸術史を専攻した。キルケゴールに関する博士論文の執筆を企てる一方で文学作品の創作も始めたデュレンマットは、絵を描くのも得意で、早くから画家になる夢をもっていたため、将来どんな職業につくかでずいぶん悩んだようである。一九四五年一月、ベルンで迎えた二十四歳の誕生日にデュレンマットは作家になる決心をして、学業を放棄する。しかし、三月に短篇小説「老人」を地元日刊紙に発表するも特に大きな反響はなく、翌一九四六年には最初のラジオドラマ『分身』をラジオ・ベルンに持ち込んだが没にされてしまい、まったく鳴かず飛ばずの状態が続く。その年の十月、デュレンマットは結婚してそれを機にバーゼルに引っ越し、大きな転機を迎えることになる。この地で戯曲『聖書に曰く』を完成させて、これが彼の出世作になったからである。

デュレンマットはその生涯に、シェイクスピアやストリンドベリ等の脚色の仕事を除くと、劇作家としてのデビュー作『聖書に曰く』(一九四五 - 四六、以下原則として執筆年を記す)に始まって『アハターロー』(一九八三 - 八八)にいたる十六篇のオリジナル戯曲を舞台に載せた。独自の演劇論に基づいてそのほとんどすべてが喜劇と名づけられたこれらの戯曲は、デュレンマット研究においては通常三つのグループに分けられる。すなわち、まだ「戯曲」というサブタイトルがついているだけの二作品(初期)、デュレンマットの名声を世界的なものにした『老貴婦人の訪問』(一九五五)と『物理学者たち』(一九六一)という代表作を含む、一九四〇年代末から六〇年代にかけての喜劇群(中期)、そして、初演が大失敗に終わり、創作活動の転換点となった『加担者』(一九七二-七三)以降の作品群(後期)である。中期はデュレンマット独特の喜劇のスタイルが確立した時期であると同時に、数多くの演劇論、小説、ラジオドラマが生み出された、最も多産な時期でもある。中期の戯曲は数多くの賞に輝き、映画化されたものも少なくない。だが、『加担者』のスキャンダラスな失敗以降、デュレンマットは創作の重点を戯曲から小説や自伝的散文に移して、リライトしたものを除くと、約二十年間にわずか二つの戯曲しか発表していない。一九八八年には演劇と別離して散文の創作に専念する旨を発表し、劇作家としての活動に終止符を打った。そして、その二年後の一九九〇年十二月十四日、デュレンマットは心筋梗塞のためヌシャテルの自宅で亡くなった。

『ギリシア人男性、ギリシア人女性を求む』は一九五四年に執筆が開始され、翌五五年に単行本としてチューリヒのアルヒェ社から出版された。劇作家としても最も脂ののった中期に書かれた作品で、ベルン市文学賞を受賞した『天使がバビロンにやって来た』(一九五三)と、空前の大ヒット作となった『老貴婦人の訪問』というふたつの戯曲の間に執筆されている。小説という体裁をとりながらも、それがデュレンマットならではの演劇論を強く意識したものであろうことは「散文喜劇」という副題がついていることからも推測できる。

この小説には、デュレンマットが本来書きたかった結末（終わりⅠ）と、娯楽小説として読み進んできた読者向けの（作品中では「貸本屋のための」と記されている）わかりやすい結末（終わりⅡ）の、二通りの結末が用意されている。デュレンマットの作品にはあまり馴染みのない日本の読者には、それまで地味でおとなしかった主人公が突然軍神アレスのような猛々しい人物に変身し、ユーモアたっぷりだった語り口も変化して、血みどろの暴力沙汰で終わる救いのない本来の結末には強烈な違和感を覚えるに違いないので、その点を少し解説しておきたい。

『ギリシア人男性、ギリシア人女性を求む』は、その直前に書かれた戯曲『天使がバビロンにやって来た』との関連で読むと理解しやすくなる。この戯曲には「三幕の断片的喜劇」という副題がついているのだが、「断片的」と呼ばれているのは、この作品が未発表のままになってしまった戯曲『バベルの塔の建設』（一九四八）の一部を書き換えたものだからである。バベルの塔という題材へのこだわりについて記したエッセイ「一連のテーマへの注釈」（一九七七）の中でデュレンマットは、『バベルの塔の建設』にはさらに先行するテクストがいくつかあることを明らかにしている。まずひとつめは、カフカの短篇小説「皇帝の使者」（一九一七）である。名もない一庶民にすぎない「きみ」に伝えたいメッセージがあって、臨終間際の皇帝が「きみ」のもとに使者を送り出す。使者はたくましい男で、勢いよく出かけるが、皇帝を取り巻く無数の人々に行く手を阻まれ、広大な宮殿から出ることすらできない。何千年もの苦闘の末に仮に宮殿から出られたとしても、今度は混沌としたありさまの首都が目の前に広がっている。だから皇帝の使者が目的地にたどり着くことは決してないのだが、「きみは夕暮れになると窓辺に座って、伝言が届くのを夢見る」。

　この小説に影響を受けたデュレンマットは、まだデビュー間もない一九四六年にラジオドラマ『時計職人』の執筆を試みた。辺境の小さな町に住む時計職人（スイス人作家らしい設定である）のもとに皇帝からの使者がやって来て、王女の婿に選ばれたことを伝える。王女はすでに職人のもとに向かって旅の途上にある、と使者は告げる。わが身に何が起こったのかを理解できず、ぼんやりしている時計職人をその場に残して、使者は立ち去る。事態を知った町の人々は時計職人を特別扱いするようになる。王女が職人のもとにたどり着くには長い時間が必要だったのだが、その間に時計職人はなぜ自分がこのような「恩寵」を受けるのかに思いをめぐらせる。「なぜならば、彼は時計職人だったから、正確にものを考えたし、世界のすべての物事にはそれなりの理由があると信じ込んでいたからである」。職人はなかなか納得のいく理由を見つけることができず、ついには、これは自分を陥れようとする皇帝の罠ではないかと考えるようになる。彼の皇帝に対する敵意や憎しみはどんどんふくれあがり、ついに王女が山のような贈り物を携え、愛と喜びに満ちて時計職人のもとに到着したとき、職人は怒りに燃えて王女を殺してしまう。この未完に終わった作品を回想しながら、デュレンマット自身は次のような注釈を加えている。「カフカにおいては恩寵が到来不可能であるのに対して、私の場合は恩寵が災いを招くのである」。

カフカの作品における皇帝からのメッセージをデュレンマットは神の恩寵と解釈したわけだが、それはデュレンマットが牧師の息子だったことと無関係ではないだろう。彼は第二次世界大戦中、残酷な戦争が繰り広げられているこの世界に神が存在するとはとうてい信じることができなかった。あるいは、もしも神が存在しているのなら、この大戦を許容している神はサディストに違いないと考えた。恩寵が災いをもたらすというのは、サディストとしての神と同じく、デュレンマットらしい逆転の発想である。

デュレンマットはエッセイ「一連のテーマへの注釈」の中で、『時計職人』の着想を得た後になって「皇帝の使者」と似たエピソードがキルケゴールの『死にいたる病』(一八四九)にも出てくることを知って驚いた、と記している。キルケゴールの場合は、神が救いを与えようとしても、その恵みが自分とはあまりにも不釣り合いに尊いものであるがゆえに、それを受け入れるこの跡継ぎに選ばれた日雇い労働者の話を書いている。小さな町に住んでいる日雇い労働者のもとに使者が来て、彼を跡継ぎにしたいという皇帝の意向を伝える。皇帝の姿を拝むことが許されるといった、ほんの些細な幸運なら大いに感謝して受け入れられるのだが、皇帝の跡継ぎになるという恵みはあまりにも大それていて、日雇い労働者は皇帝が本気だとすぐには信じることができない。しかし、皇帝が本気だということを裏付ける外面的な事実によって、日雇い労働者は皇帝を信じることができるようになる。が、もしそのような事実が存在せず、ただ信じるしかなければ、日雇い労働者はこの恵みを、あまりにも大きなものであるがゆえにばかげていると考えて退けてしまうだろう、という推論でキルケゴールはこのたとえ話を結んでいる。

デュレンマットはこのカフカ／キルケゴールから得た着想を、バベルの塔の建設というモチーフに結び付けて発展させた。『天使がバビロンにやって来た』では、「いちばん取るに足りない人間」に神の恩寵のシンボルである美少女クルビを渡すという使命を帯びた天使がネブカドネザル王にクルビを差し出し、「いちばん取るに足りない人間」とみなされたことに腹を立てた王は天を呪って塔の建設を決意するという話になっている。（「いちばん取るに足りない人間」が恩寵を授かるという設定は、もちろん「貧しきものは幸いなり」という新約聖書の思想に基づいている)。つまり、『天使がバビロンにやって来た』は神の恩寵がバベルの塔の建設という災いをもたらす物語なのだ。

興味深いのは、コミュニケーション不全がこの作品の潜在的なテーマとなっていることだろう。なぜならば、聖書によると、バベルの塔の建設が原因となって、神はもともとひとつの言葉を使っていた人間に異なる言葉を使わせるようにし、その結果人々は互いに意思疎通ができなくなってしまった、ということになっているからだ。デュレンマットの喜劇においては、神と人間との間のコミュニケーション不全が描かれているとも考えられる。神の使者である天使がその任務を充分に果たすことができず、ネブカドネザルは神から送られたメッセージの意味を理解することができないからである。神とコミュニケートしようとするむなしい努力は、結局、話し相手(=神)を暴力的に排除しようとする試み(=塔の建設)で終わる。

ここまでくると『ギリシア人男性、ギリシア人女性を求む』の仕掛けもかなりはっきりするだろう。うだつのあがらない中年男アルヒロコス(=時計職人=「いちばん取るに足りない人間」)が目の覚めるような美人のクロエ(=王女=美少女クルビ)と結婚することになり、町じゅうの有力者から有形無形の贈り物が届くが、アルヒロコスにはその理由が理解できず、結局は怒りを爆発させてしまうというストーリー展開が、『時計職人』と『天使がバビロンにやって来た』のヴァリエーションであることは明らかである。つまりこの小説もまた、「恩寵が災いを招く」話なのである。

作品の終盤、大統領を暗殺しようと官邸に忍び込んだアルヒロコスに向かって「あなたは恩寵を受けているのですよ」（一九九頁）と穏やかに語る大統領のせりふも、このような流れを踏まえると理解しやすいものになる。怒りと絶望でいっぱいになったアルヒロコスの心をおいしい食事によってほぐしながら、大統領はクロエの愛という恩寵を信じるようにとアルヒロコスに言って聞かせているのである。「終わりⅠ」はそれにもかかわらず、恩寵が災厄に終わってしまうヴァージョン、「終わりⅡ」はその災厄を乗り越えたところにひょっとしたらあるかもしれない救いが、愛を信じようとするアルヒロコスとクロエの旅立ちによって暗示されているヴァージョンと解釈できるだろう。

本書の訳出にあたっては、デュレンマットの決定版全集 Friedrich Dürrenmatt: *Werkausgabe in 37 Bänden.* Zürich: Diogenes 1998 の第二十二巻に収められている *Grieche sucht Giechin* を底本とした。

最後に、この作品を翻訳するきっかけを与えてくださった編集者の鹿児島有里さんと、翻訳の完成を気長に待ってくださった白水社の方々に心からの感謝を捧げたい。私はここ数年間にデュレンマットの翻訳を連続して出版することができたのだが、鹿児島さんはそもそもそれを可能にしてくれた恩人である。

二〇一六年十二月

増本　浩子

著者紹介
フリードリヒ・デュレンマット　Friedrich Dürrenmatt
スイスの劇作家、小説家。1921年、ベルン州エメンタール地方のコノルフィンゲンにプロテスタント牧師の息子として生まれる。ベルン大学とチューリヒ大学で哲学などを専攻。21歳で処女作『クリスマス』を執筆。1945年24歳のときに短篇「老人」が初めて活字となる。翌1946年、最初の戯曲『聖書に曰く』を完成。1940年代末から60年代にかけて発表した喜劇によって劇作家として世界的な名声を博したほか、推理小説『裁判官と死刑執行人』（1950-51）がベストセラーに。1988年、演劇から離れ散文の創作に専念することを発表。晩年は自叙伝『素材』の執筆に打ち込む。1990年、ヌシャテルの自宅で死去。代表作に『老貴婦人の訪問』、『物理学者たち』など。

訳者略歴
増本浩子（ますもと・ひろこ）
1960年生まれ。神戸大学大学院人文学研究科教授。専門はドイツとスイスの現代文学・文化論。著書に『フリードリヒ・デュレンマットの喜劇』。訳書に『失脚／巫女の死』（フリードリヒ・デュレンマット）。共訳書に『ブレヒト　私の愛人』（ルート・ベアラウ）、『ドイツの宗教改革』（ペーター・ブリックレ）、『ハルムスの世界』（ダニイル・ハルムス）、『犬の心臓・運命の卵』（ミハイル・ブルガーコフ）、『デュレンマット戯曲集』（フリードリヒ・デュレンマット）など。

白水uブックス　209

ギリシア人男性、ギリシア人女性を求む

著　者　フリードリヒ・デュレンマット
訳者 ©　増本浩子
発行者　及川直志
発行所　株式会社 白水社
東京都千代田区神田小川町 3-24
振替　00190-5-33228　〒 101-0052
電話（03）3291-7811（営業部）
（03）3291-7821（編集部）
http://www.hakusuisha.co.jp

2017 年 2 月 1 日印刷
2017 年 2 月 20 日発行
本文印刷　株式会社精興社
表紙印刷　三陽クリエイティヴ
製　　本　加瀬製本
Printed in Japan

ISBN978-4-560-07209-7

乱丁・落丁本は送料小社負担にてお取り替えいたします。

白水uブックス